feliz por nada

Livros da autora publicados pela **L&PM** EDITORES:

Cartas extraviadas e outros poemas – Poesia
A claridade lá fora – Romance
Coisas da vida – Crônicas
Comigo na livraria – Crônicas
Comigo no cinema – Crônicas
Conversa na sala – Crônicas
Divã – Romance
Doidas e santas – Crônicas
Felicidade crônica – Crônicas
Feliz por nada – Crônicas
Fora de mim – Romance
A graça da coisa – Crônicas
Liberdade crônica – Crônicas
Um lugar na janela – Crônicas de viagem
Um lugar na janela 2 – Crônicas de viagem
Um lugar na janela 3 – Crônicas de viagem
Martha Medeiros: 3 em 1 – Crônicas
Montanha-russa – Crônicas
Noite em claro – Novela
Noite em claro noite adentro – Novela e poesia
Non-stop – Crônicas
Paixão crônica – Crônicas
Poesia reunida – Poesia
Quem diria que viver ia dar nisso – Crônicas
Simples assim – Crônicas
Topless – Crônicas
Trem-bala – Crônicas

MARTHA MEDEIROS

feliz por nada

www.lpm.com.br
L&PM POCKET

Coleção **L&PM** POCKET, vol.1386

Texto de acordo com a nova ortografia.

As crônicas deste livro foram originalmente publicadas nos jornais *O Globo* e *Zero Hora*.

Este livro foi publicado em primeira edição pela L&PM Editores, em formato 14x21 cm, em 2011
Primeira edição na Coleção **L&PM** POCKET: junho de 2025
Esta reimpressão: outubro de 2025

Capa: Marco Cena
Revisão: Patrícia Rocha

CIP-Brasil. Catalogação na Publicação
Sindicato Nacional dos Editores de Livros, RJ

M44f

Medeiros, Martha, 1961-
Feliz por nada / Martha Medeiros. – 1. ed. – Porto Alegre [RS]: L&PM, 2025.
240 p. ; 18 cm.

ISBN 978-65-5666-591-7

1. Crônicas brasileiras. I. Título.

25-98604.0 CDD: B869.8
CDU: 82-94(81)

Gabriela Faray Ferreira Lopes - Bibliotecária - CRB-7/6643

Rua Comendador Coruja, 314, loja 9 – Floresta – 90.220-180
Porto Alegre – RS – Brasil / Fone: 51.3225.5777

PEDIDOS & DEPTO. COMERCIAL: vendas@lpm.com.br
FALE CONOSCO: info@lpm.com.br
www.lpm.com.br

Impresso no Brasil
Primavera de 2025

Pra Katia,
que vive me lembrando que a felicidade
não precisa de motivo.

SUMÁRIO

DENTRO DE UM ABRAÇO

Onde é que você gostaria de estar agora, nesse exato momento?

Fico pensando nos lugares paradisíacos onde já estive, e que não me custaria nada reprisar: num determinado restaurante de uma ilha grega, em diversas praias do Brasil e do mundo, na casa de bons amigos, em algum vilarejo europeu, numa estrada bela e vazia, no meio de um show espetacular, numa sala de cinema assistindo à estreia de um filme muito esperado e, principalmente, no meu quarto e na minha cama, que nenhum hotel cinco estrelas consegue superar – a intimidade da gente é irreproduzível.

Posso também listar os lugares onde não gostaria de estar: num leito de hospital, numa fila de banco, numa reunião de condomínio, presa num elevador, em meio a um trânsito congestionado, numa cadeira de dentista.

E então? Somando os prós e os contras, as boas e más opções, onde, afinal, é o melhor lugar do mundo?

Meu palpite: dentro de um abraço.

Que lugar melhor para uma criança, para um idoso, para uma mulher apaixonada, para um adolescente com medo, para um doente, para alguém solitário? Dentro de um abraço é sempre quente, é sempre seguro. Dentro de um abraço não se ouve o tic-tac dos relógios e, se faltar luz, tanto melhor. Tudo o que você pensa e sofre, dentro de um abraço se dissolve.

Que lugar melhor para um recém-nascido, para um recém-chegado, para um recém-demitido, para um recém-contratado? Dentro de um abraço nenhuma situação é incerta, o futuro não amedronta, estacionamos confortavelmente em meio ao paraíso.

O rosto contra o peito de quem te abraça, as batidas do coração dele e as suas, o silêncio que sempre se faz durante esse envolvimento físico: nada há para se reivindicar ou agradecer, dentro de um abraço voz nenhuma se faz necessária, está tudo dito.

Que lugar no mundo é melhor para se estar? Na frente de uma lareira com um livro estupendo, em meio a um estádio lotado vendo seu time golear, num almoço em família onde todos estão se divertindo, num final de tarde à beira-mar, deitado num parque olhando para o céu, na cama com a pessoa que você mais ama?

Difícil bater essa última alternativa, mas onde começa o amor, senão dentro do primeiro abraço? Alguns o consideram como algo sufocante, querem logo se desvencilhar dele. Até entendo que há momentos em que é preciso estar fora de alcance, livre de qualquer tentáculo. Esse desejo de se manter solto é legítimo, mas hoje me permita não endossar manifestações de alforria. Entrando na semana dos namorados, recomendo fazer reserva num local aconchegante e naturalmente aquecido: dentro de um abraço que te baste.

12 de junho de 2008

QUANDO DEUS APARECE

Tenho amigas de fé. Muitas. Uma delas, que é como uma irmã, me escreveu um e-mail poético, dia desses. Ela comentava sobre o recital que assistiu do pianista Nelson Freire, recentemente. Tomada pela comoção durante o espetáculo, ela finalizou o e-mail assim: "Nessas horas Deus aparece".

Fiquei com essa frase retumbando na minha cabeça. De fato, Deus não está em promoção, se exibindo por aí. Ele escolhe, dentro do mais rigoroso critério, os momentos de aparecer pra gente. Não sendo visível aos olhos, ele dá preferência à sensibilidade como via de acesso a nós. Eu não sou uma católica praticante e ritualística – não vou à missa. Mas valorizo essas aparições como se fosse a chegada de uma visita ilustre, que me dá sossego à alma.

Quando Deus aparece pra você?

Pra mim, ele aparece sempre através da música, e nem precisa ser um Nelson Freire. Pode ser uma música popular, pode ser algo que toque no rádio, mas que me chega no momento exato em que preciso estar reconciliada comigo mesma. De forma inesperada, a música me transcende.

Deus me aparece nos livros, em parágrafos que não acredito que possam ter sido escritos por um ser mundano: foram escritos por um ser mais que humano.

Deus me aparece – muito! – quando estou em frente ao mar. Tivemos um papo longo, cerca de um mês atrás, quando havia somente as ondas entre mim e ele. A gente se entende em meio ao azul, que seria a cor de Deus, se ele tivesse uma.

Deus me aparece – e não considere isso uma heresia – na hora do sexo, quando feito com quem se ama. É completamente diferente do sexo casual, do sexo como válvula de escape. Diferente, preste atenção. Não quer dizer que qualquer sexo não seja bom.

Nesse exato instante em que escrevo, estou escutando "My Sweet Lord" cantado não pelo George Harrison (que Deus o tenha), mas por Billy Preston (que Deus o tenha, também) e posso assegurar: a letra é um animado bate-papo com ele, ritmado pelo rock'n'roll. Aleluia.

Deus aparece quando choro. Quando a fragilidade é tanta que parece que não vou conseguir me reerguer. Quando uma amiga me liga de um país distante e demonstra estar mais perto do que o vizinho do andar de cima. Deus aparece no sorriso do meu sobrinho e no abraço espontâneo das minhas filhas. E nas preocupações da minha mãe, que mãe é sempre um atestado da presença desse cara.

E quando eu o chamo de cara e ele não se aborrece, aí tenho certeza de que ele está mesmo comigo.

3 de agosto de 2008

GENTIL DEMAIS

Recebi um livro chamado *A arte de ser gentil*, com o dispensável subtítulo *A bondade como chave para o sucesso*, que, a meu ver, descredibiliza um pouco o autor, o sueco Stefan Einhorn, já que ser gentil deveria ser uma atitude para facilitar as relações humanas, e não uma meta para o sucesso. Que sucesso, o quê. Agora tudo o que a gente faz tem que visar o sucesso?

O texto da contracapa diz que uma pessoa gentil terá mais oportunidades de se tornar feliz, rica, bem-sucedida e realizada, e que o livro fornecerá soluções imediatas e de longo prazo para os interessados em se tornarem seres humanos melhores. Foi tudo que li até agora, a contracapa, e não vou adiante. Primeiro, porque tenho uma pilha de outros livros me aguardando, e em segundo lugar, porque já sou gentil. Nem sabia que sendo gentil eu poderia ficar rica, feliz, bem-sucedida e essa coisa toda. Sou gentil simplesmente porque acho mais fácil do que ser grosseira. Despende menos energia. E também porque não vejo graça em magoar as pessoas. Até aí, estou no padrão. O que ninguém nos ensina é que gentileza demais pode, por incrível que pareça, também ser um defeito, e dos graves.

Óbvio que não se deve ser rude com amigos, parentes, colegas de trabalho, vizinhos, comerciários, mas ser exageradamente gentil com todo mundo pode colocar a nossa vida em risco. Por exemplo: o que você faz se, ao chamar o elevador de um prédio estranho, à noite, a porta se abrir e lá dentro estiver um sósia do Curinga, com uma cicatriz perturbadora na face e vestindo um sobretudo enorme que poderia muito bem esconder duas pistolas, três granadas e um rifle? Você certamente teria uma vontade súbita de descer pela escada e sumiria de vista. Pois eu entraria no elevador toda faceira, daria boa noite e faria comentários sobre o clima, pois deus que me livre de ele achar que eu sou preconceituosa e que sua aparência me fez pensar que ele pudesse ser um esquartejador de mulheres. Por que ele não pode ser um pai de família como outro qualquer?

Se eu pego um táxi e o motorista demonstra não ter o menor senso de direção, arranha marchas, não usa o pisca-pisca e tira um fino dos outros carros, eu é que não vou mandá-lo de volta para a autoescola. Se ele correr a 200km/h, tampouco solto os cachorros, vá saber o dia horroroso que ele está descontando no acelerador, coitado. Neste caso eu simplesmente "me lembro" de que o endereço onde pretendo ir fica na próxima esquina, e não três bairros adiante, e saio pedindo desculpas pelo meu equívoco.

Se um garçom se aproximar perigosamente de mim com uma panela cheia de óleo fervente, eu não dou um pio, imagina se vou pedir para ele se afastar. Ele vai me considerar uma elitista estúpida – não basta ter pedido um fondue caríssimo, ainda vou ser grossa? Nada disso, uma queimadura no braço não mata ninguém. E se eu estou caminhando por uma rua escura e, na direção contrária, vem um adolescente com um gorro enterrado até o nariz e as duas mãos enfiadas numa jaqueta, eu começo a rezar, mas não troco de calçada, imagina o trauma que posso causar no menino: vai ver é até um amigo da minha filha.

Se você tem mais de nove anos de idade, já sabe reconhecer uma ironia e entendeu meu recado: seja gentil, mas não a ponto de perder o tino. Se tiver que ferir suscetibilidades para salvar sua pele, paciência. Atravesse a rua. Desça pela escada. Dê no pé. Sucesso é chegar em casa com vida.

21 de agosto de 2008

ATRAVESSANDO A FRONTEIRA DO OI

Anos atrás, quando eu malhava em academia, sempre cruzava com uma fotógrafa que eu conhecia de vista. Eu dizia oi, ela dizia oi. Depois parei de frequentar a academia e comecei a caminhar no parque. De vez em quando, ela caminha por ali também. Quando a gente se cruza, ela diz oi, eu respondo oi. Essa emocionante troca de ois constitui toda a nossa "relação".

No entanto, temos uma querida amiga em comum. Contei para essa amiga que eu estava indo para Londres. Tiraria uma semana de férias, sozinha. Essa minha amiga então me disse: "Você vai estar lá no mesmo período que a Eneida, a fotógrafa. Quer o e-mail dela?".

Encurtando a história: escrevi para a Eneida, que já se encontrava em Londres. "Você vem para cá? Ótimo! Vamos jantar juntas? Combinado." Trocamos endereços, telefones e afeto. E isso tudo me fez pensar o seguinte: nós duas moramos na mesma cidade e possivelmente no mesmo bairro, dada a relativa frequência com que nos cruzamos. E, no entanto, nenhuma das duas jamais pensou em convidar a outra para jantar, por uma razão muito simples e compreensível: somos duas estranhas. Ela tem a vida dela, eu tenho a minha. Ela tem uma agenda apertada, eu tenho a minha. Ninguém convida para jantar alguém que só conhece de vista, a não ser que seja cantada, o que não é nosso caso.

O nosso caso é outro: somos um exemplo de como uma cidade estrangeira pode anular cerimônias e estranhamentos. Na cidade da gente, nos agarramos aos nossos hábitos e aos nossos vínculos. Estando fora, viramos uns desgarrados e naturalmente nos abrimos para conhecer novas culturas, novos costumes e novas pessoas, mesmo pessoas que já poderíamos ter conhecido há mais tempo – mas que não víamos necessidade.

Viajando, ficamos mais propícios ao risco e à experimentação. Encaramos bacon no café da manhã, passeamos na chuva, vamos ao super de bicicleta, dormimos na grama, comemos carne de cobra, dirigimos do lado direito do carro, usamos banheiro público, fazemos confidências a quem nunca vimos antes. O passaporte nos libera não só para a entrada em outro país, como também para a entrada em outro estilo de vida, muito mais solto do que quando estamos em casa, na nossa rotina repetitiva.

No momento em que você lê essa crônica, estou dentro do Eurotunnel, ou seja, no trem que percorre o Canal da Mancha. É, embaixo d'água. Saí de Londres e estou indo para Paris, de onde embarcarei de volta para o Brasil no próximo final de semana. A essa altura, já jantei com a Eneida. Já nos tornamos amigas de infância ou cada uma decidiu trocar de parque nas próximas caminhadas. O que importa é que atravessamos a barreira do oi, esse cumprimento protocolar que tão raramente progride para uma proximidade de fato. Eu teria uma dúzia de razões para explicar por que gosto tanto de viajar, mas por hoje fico apenas com esta: pela alegria de viver e pela falta de frescura.

3 de setembro de 2008

A ESCOLA DA VIDA

Estive em Londres e soube que o escritor Alain de Botton está fazendo um certo barulho com sua mais nova empreitada cultural. Não é um novo livro, e sim algo mais ambicioso: um curso de ideias para se viver melhor, ou seja, para se aprender a lidar com o cotidiano de uma forma mais prática e inventiva. Contrapondo-se às escolas tradicionais, que ensinam coisas que, na maioria das vezes, jamais nos serão úteis, ele está implantando a sua *The School of Life* na capital inglesa.

O projeto é meio odara, mas interessante. "A Escola da Vida" procura educar para a existência, para o aqui e agora, privilegiando lições mais excitantes do que as que aprendemos sobre ácidos nucleicos ou química orgânica. Com arte, filosofia e bom humor, Alain de Botton montou uma equipe para ajudar os alunos a encontrarem respostas para perguntas tipo "Preciso mesmo de um relacionamento amoroso?", "Como aproveitar de forma mais inteligente e criativa o meu tempo livre?", "Odeio meu trabalho: e agora?", "De onde saem nossos conceitos sobre política?", "Dá para extrair mais proveito de visitas a museus, cinemas e teatros?", "Como conviver com o medo da morte?", "Será que minha família é tão estranha como as outras?".

Resumido dessa forma, dá ares de charlatanismo, mas quem conhece os livros de Alain de Botton sabe que ele é mestre em misturar todos os departamentos (viagens, amores, arquitetura etc.) e que se ampara nas obras de famosos intelectuais para explicar e valorizar o mundano. Enfim, ele encontrou um nicho e o está explorando com muito senso de oportunidade, porque estamos vivendo uma época em que ter um diploma, uma carreira e uma família bonitinha não tem bastado para preencher nossas almas inquietas. Queremos mais prazer, mais independência, mais beleza. Em que colégio se aprende isso, em que faculdade? Se você não tem talento para ser um autodidata, Alain de Botton convida a sentar num banco escolar e ter como professores Proust, Baudelaire, Churchill, Lao Tse e mais uma turma da pesada, todos dispostos a desanuviar a sua mente.

Estive na pequena loja que ele abriu nos arredores da Russell Square, onde se pode encontrar cartazes que ilustram o espírito do projeto, informações sobre os cursos e, principalmente, vários livros que fazem parte da "biblioterapia" que a *The School of Art* propõe. Vive melhor quem lê a respeito das questões que lhe afligem, e não se trata aqui de livros de autoajuda, e sim romances de ficção, ensaios filosóficos, biografias. Isso tudo pode ser apenas uma jogada de autopromoção, mas eu simpatizei com a ideia, porque acredito mesmo que estamos precisando de um reforço extracurricular. Para se formar um ser humano, não adianta apenas ensinar física, biologia, história, matemática e demais matérias convencionais. Precisamos também ser especialistas em viajar, em se relacionar melhor, em consumir cultura, em ter uma visão menos ortodoxa de tudo que nos cerca. O material é farto e os resultados podem ser aplicados no dia a dia. Bem viver também faz parte da educação.

10 de setembro de 2008

EDUCAÇÃO PARA O DIVÓRCIO

Estou lendo *O quebra-cabeça da sexualidade*, do professor espanhol José Antonio Marina. No livro, o autor diz que considera preocupante que os jovens estejam recebendo dos pais a experiência do fracasso amoroso. Ao ver a quantidade de casais que se separam, a garotada vai perdendo a expectativa de ter, no futuro, uma relação saudável e sem conflito. Desencantam-se.

Creio que esteja acontecendo mesmo. Hoje o casamento já não é a ambição número 1 de muitos adolescentes, e um pouco disso se deve à descrença de que o matrimônio seja uma via para a felicidade. Se fosse, por que tanta gente se separaria?

O casamento tem sofrido uma propaganda negativa de tamanho grau que é preciso uma reação da sociedade: está na hora de passarmos a ideia, para nossos filhos, de que uma relação não traz apenas privações, tédio e brigas, mas traz também muita realização, estabilidade, parceria, intimidade, gratificações. Casar é muito bom. Como fazê-los acreditar nisso, se as estatísticas apontam um crescimento incessante no número de divórcios?

A saída talvez seja educarmos os filhos desde cedo para que a ideia de separação seja acatada como algo que faz parte do casamento. Ou seja, quando os pirralhinhos perguntarem: "Mamãe, você ficará casada com o papai para sempre?", a resposta pode ser: "Enquanto a gente se amar, continuaremos juntos – senão vamos virar amigos, o que também é muito bom".

Isso pode parecer chocante para quem jurou na frente do padre que iria ficar casado até o fim dos dias, mas há que se rever certas fórmulas, a começar por esse juramento que mais parece uma punição do que um ideal romântico. Está na hora de um pouco de realismo: hoje vivemos bem mais do que antigamente, com mais informação e mais oportunidades. Deve ser bastante confortável e satisfatório ficar casado com a mesma pessoa por quarenta ou cinquenta anos, é um bonito projeto de vida, mas, se a relação durar apenas dez ou quinze, é bom que a gurizada saiba: não é um fiasco. É normal.

A normalidade das coisas se adapta aos costumes. Vagarosamente, mas se adapta. Se continuarmos insistindo na ideia de que o verdadeiro amor não acaba, as crianças vão achar que o mundo adulto é habitado por incompetentes que não sabem procurar sua alma gêmea e que sofrem em demasia. Vão querer isso para elas? Fora de cogitação.

Para evitar essa fuga em massa do casamento, a saída é, como sempre, a honestidade. Seguir educando para o "eterno" é uma incongruência. Ninguém fica no mesmo emprego para sempre, ninguém mora na mesma rua para sempre, ninguém pode prometer uma estabilidade vitalícia em relação a nada, e se a maioria das mudanças é considerada uma evolução, um aperfeiçoamento, por que o casamento não pode ser visto dessa mesma forma descomplicada e sem stress?

A frustração sempre é gerada por expectativas que não se realizam. Se nossos filhos ainda são criados com a ideia de que pai e mãe viverão juntos para sempre, uma separação sempre será mais traumática e eles também temerão "fracassar" quando chegar a vez deles. Se, ao contrário, souberem desde cedo que adultos podem (não é obrigatório) viver duas ou três relações estáveis durante uma vida, essa nova ética dos relacionamentos será absorvida de forma mais tranquila e eles seguirão entusiasmados pelo amor, que é o que precisa ser mantido, em benefício da saúde emocional de todos nós.

26 de outubro de 2008

O ISOPOR E A NEVE

Aconteceu comigo. Eu, que trabalho em casa, senti uma necessidade súbita de sair, atravessar paredes, ganhar as ruas por alguns minutos, a fim de renovar o fôlego para continuar a escrever. Precisava enviar uma correspondência e resolvi: vou a pé até uma agência dos Correios, tem uma pertinho, a cinco quadras de onde moro. Fui.

Cheguei lá, não sem antes ter sido quase atropelada por um automóvel, foi por um triz. Despachei a carta, saí da agência e foi então que eu vi: um caminhão deixou cair no meio da rua um saco enorme cheio de isopor. O caminhão seguiu seu rumo sem perceber o rastro que ficou pra trás. Em segundos, aquele isopor em lâminas foi se transformando em pedaços miúdos. Os carros passavam por cima e o isopor se desintegrava em partículas que se movimentavam para cima e para os lados em câmara lenta, de tão leves. Parei, porque se eu atravessasse a rua de novo, não haveria uma segunda chance: seria atropelada de fato. Eu não estava mais em mim. Via nevar em Porto Alegre no meio de uma tarde de novembro. Neve de isopor.

Qualquer semelhança com *Beleza americana* é, sim, uma feliz coincidência. Se você viu o filme, não pode ter esquecido aquela cena. Um saco plástico vazio sendo movimentado pelo vento durante alguns minutos.

Apenas a câmera e o saco plástico dançando em slow motion diante dos nossos olhos. Certamente, uma das cenas mais bonitas e poéticas que já vi no cinema.

Foi bem assim. Pedacinhos de isopor que pareciam flocos de neve dançavam sobre o asfalto numa tarde abafada de Porto Alegre. Carros velozes passavam por cima, e os isopores ali, flutuando lentamente, alheios à pressa urbana. O que significava aquilo?

Nada.

Por isso o estranhamento. Por isso a singeleza. As coisas sem significado são tão raras, acontecimentos gratuitos costumam ser tão despercebidos que, se você percebe, ganha o dia. Foi uma cena real, não de cinema, e por isso não teve trilha sonora, os motores dos automóveis violavam o silêncio, mas dentro da minha cabeça ouvi música clássica por alguns segundos, encantada com a neve no asfalto.

Aí o isopor foi se dispersando, se dispersando, e eu comecei a me sentir uma idiota parada no meio da calçada, inerte, como se tivesse testemunhado um atropelamento. Metaforicamente, é o que havia acontecido. Eu havia sido atropelada. Não um atropelamento como quase havia ocorrido minutos antes, quando um carro tirou um fininho de mim em plena faixa de segurança, mas foi outro tipo de atropelo: fiquei paralisada por ter sido plateia de um pouco de poesia no meio de uma tarde de um dia útil, que se mostrou útil justamente quando parei de trabalhar.

Voltei pra casa e escrevi esse texto sem propósito, em homenagem à neve que também não era neve.

5 de novembro de 2008

INSATISFAÇÃO CRÔNICA

Que sou caidíssima por Woody Allen, todos sabem, e que arrasto uma asa para Pedro Almodóvar, também não é segredo. Então pode-se imaginar o quanto saí satisfeita do cinema depois de assistir *Vicky Cristina Barcelona.* Satisfação, aliás, que os personagens do filme não parecem alcançar. Pudera: Doug que amava Vicky que amava Juan Antonio que amava Maria Elena que amava Cristina que não amava ninguém. O happy end nunca passou tão longe de uma história.

Que história? Duas jovens americanas resolvem passar férias na Espanha. Uma está noiva de um homem padrão e não quer saber de aventuras, a outra está para o que der e vier, basta que surja um guapo bem-disposto, e surge: um pintor que traz na bagagem uma separação mal resolvida com uma tresloucada e que resolve seduzir as duas turistas, mesmo com a ex-esposa na cola. Salve-se quem puder.

Mas não é um filme sobre desencontros. Ao contrário, é um filme sobre buscas. Dessa vez, Allen se permitiu ir além de si próprio: colocou pinceladas de uma ousadia almodovariana e, se eu não andei vendo coisas, há no roteiro algo de Truffaut também. O resultado é um filme universal, como universal tem sido a nossa insaciedade.

Num tempo nem tão distante, você podia fantasiar o que bem entendesse, desde que seguisse o manual de instruções: casar e ter filhos. Se, mais tarde, acontecesse o imprevisto de uma frustração extrema, então que se procurasse alguma saída, mas sem estardalhaço. Essa é a situação da anfitriã das turistas no filme, uma senhora casada há uns bons quarenta anos que, mesmo ainda amando o marido, sonha com uma grande paixão, mas declara-se impossibilitada de reescrever sua própria história – sente que o tempo dela passou.

Já Vicky e Cristina têm o tempo jogando a favor e vivem numa sociedade que não cessa de manter bem alto o nível de excitação geral. Internet, cinema, novelas, revistas, livros, música: tudo nos conduz a pensar que a vida não tem o menor sentido se a gente não sentir prazer 25 horas por dia. E onde se esconde esse tal de prazer? Se você procurá-lo num casamento, estará renunciando às alternativas. Se, ao contrário, passar em revista todo homem ou mulher que lhe der um sorriso promissor, tampouco terá garantia de encontrar o que procura. O que é que a gente procura? A tal festa no outro apartamento, a tal grama mais verde do vizinho, o tal êxtase que parece estar sempre na outra margem do rio.

Numa recente entrevista, Woody Allen disse que, de certa forma, tinha intenção de provocar tristeza com *Vicky Cristina Barcelona.* Ainda que o filme tenha mesmo um toquezinho melancólico, Allen é elegante e engraçado em qualquer situação, e o que ele consegue, como sempre, é apenas (apenas?) nos mostrar como é megalômano o projeto de alcançar a plenitude dos sentidos. Mas a gente não aprende e vai morrer tentando.

19 de novembro de 2008

A MULHER INDEPENDENTE

Estava autografando meu livro quando uma senhora alta, elegante, já bem madura, chegou pra mim e disse: "Te acho uma mulher fenomenal". Eu, toda sorrisos, tomei o livro que ela tinha em mãos e me preparei para escrever uma dedicatória bem carinhosa. Ela então complementou: "Mas eu não queria ser casada contigo – tu és muito independente!".

Concluí a dedicatória, agradeci a gentil presença dela, enquanto meu coração começou a bater de forma mais lenta. O que estou sentindo?, perguntei a mim mesma, em silêncio. Tristeza, respondi a mim mesma, em silêncio, enquanto a próxima pessoa da fila se aproximava.

Em que eu seria mais independente do que qualquer outra mulher? Quase todas as que conheço trabalham, ganham seu próprio sustento, defendem suas opiniões e votam em seus próprios candidatos. Algumas não gostam de ir ao cinema sozinhas, já eu não me importo. Poucas moraram sozinhas antes de casar, eu morei. Quase nenhuma, que eu lembre, viajou sozinha, eu já. E nisso consta toda a minha independência, o que não me parece suficiente para assustar ninguém.

Fico imaginando que essa tal "mulher independente", aos olhos dos outros, pareça ser uma pessoa que nunca precise de ninguém, que nunca peça apoio, que jamais chore, que não tenha dúvidas, que não valorize um cafuné. Enfim, um bloco de cimento.

Quando eu comecei a ter idade para sonhar com independência, passei a ler afoitamente os livros de Marina Colasanti – foram eles que me ensinaram a importância de abrir mão de tutelas e a se colocar na vida com uma postura própria, autônoma, mas nem por isso menos amorosa e sensível. Independência nada mais é do que ter poder de escolha. Conceder-se a liberdade de ir e vir, atendendo suas necessidades e vontades próprias, mas sem dispensar a magia de se viver um grande amor. Independência não é sinônimo de solidão. É sinônimo de honestidade: estou onde quero, com quem quero, porque quero.

Sobre a questão da independência afugentar os homens, Marina Colasanti brincava: "Se isso for verdade, então ficarão longe de nós os competitivos, os que sonham com mulheres submissas, os que não são muito seguros de si. Que ótima triagem".

Infelizmente, a ameaça que aquela senhora acredita que as independentes representam não é um pensamento arcaico: no aqui e agora ainda há quem acredite que ser um bibelô (ou fazer-se de) tem lá suas vantagens. Eu não vejo quais. Acredito que a independência feminina é estimulante, alegre, desafiadora, vital, enfim, uma qualidade que promove movimentação e avanço à sociedade como um todo e aos familiares e amigos em particular. "Eu preciso de você" talvez seja uma frase que os homens estejam escutando pouco de nós, e isso talvez lhes esteja fazendo falta. Por outro lado, nunca o "eu amo você" foi pronunciado com tanta verdade.

30 de novembro de 2008

CAPTURADOS

Um dos DVDs mais legais que assisti esse ano foi *A vida por trás das lentes*, documentário sobre a carreira da fotógrafa americana Annie Leibovitz. Tive a oportunidade, também, de ver em Paris a exposição que registra todas as fases de sua trajetória, começando pelas fotos que fazia da família, passando pela fase roqueira (quando foi a principal fotógrafa da revista *Rolling Stone*), até a consagração na *Vanity Fair*. Considero fotografia uma arte, pela capacidade que tem de capturar a alma do fotografado e revelar a nós algo que nosso olho não consegue enxergar.

Lembro que, na minha infância, meu pai não deixava passar um único evento sem fotos: Natal, aniversários, piqueniques na praia. Click, click, click. Ficávamos um tempão parados, meu irmão, minha mãe e eu, três estátuas sorridentes, esperando o momento de ele encontrar o melhor ângulo, o melhor foco, a melhor luz, para então clicar. Máquina digital, naquela época, era coisa da família Jetson.

Também tirei muitas fotos de minhas filhas quando eram pequenas, e guardo inúmeros registros de viagens e de alguns passeios e momentos que não acontecem todo dia. Até aí, tudo dentro de uma certa normalidade, e sou tendenciosa como todos: a gente acha que só a maneira como vivemos é que é normal. Mas o normal evoluiu muito de uns tempos pra cá.

Hoje, com um celular na mão, você documenta partos, tsunamis, incêndios, transas, shows e crimes cometidos bem na sua frente. Inclusive, algum crime por ventura cometido por você.

Me pergunto: se você não documentar suas experiências e emoções, elas deixam de existir? *Você* deixa de existir? Não, mas dá a impressão que sim.

Num surto catastrofista, imagino que em breve deletaremos da nossa memória tudo aquilo que não estiver documentado. Se eu quiser lembrar de uma viagem ou de uma festa, não conseguirei, a não ser que a tenha fotografado e filmado.

O momento em que seu namorado lhe pediu em casamento, aquela caminhada que deu sozinha à beira-mar, o mergulho noturno, o café da manhã na cama enquanto viam um filme do Chaplin, a declaração de amor no meio da estrada – se você não fotografou nada disso, será que aconteceu mesmo? Você ainda consegue lembrar da vida sem a ajuda de aparelhos?

Minhas duas últimas viagens ao exterior foram feitas sem máquina fotográfica ou celular na bagagem. Fui e voltei sem uma única foto, o que para muitos talvez signifique "ela não foi". Mas fui. A vida também acontece sem provas documentais.

Ainda Annie Leibovitz: entre seus inúmeros flagrantes, constam os últimos dias de vida de seu pai e da escritora Susan Sontag, as duas pessoas que ela mais amou.

As fotos de ambos, cada um na sua hora, agonizando, estão na exposição e no DVD. Annie Leibovitz é uma artista e suas lentes são seus olhos, ela não desassocia vida e trabalho, mas admito que senti, mesmo havendo consentimento dos fotografados, uma invasão na intimidade mais secreta de cada um, que é a solidão. Louvável como registro jornalístico, mas desnecessário como despedida pessoal.

Tudo isso para dizer que certas ocasiões ainda me parecem suficientemente fortes para resistirem intactas na nossa lembrança, e apenas nela.

30 de novembro de 2008

AS ESQUISITICES DO AMOR

Eu estava quieta, só ouvindo. Éramos eu e mais duas amigas numa mesa de restaurante e uma delas se queixando, pela trigésima vez, do seu namoro caótico, dizendo que não sabia por que ainda estava com aquele sequelado etcetera, etcetera. Estava planejando terminar com o cara de novo, e a gente sabia o quanto essa mulher sofria longe dele. Eu estava me divertindo diante desse relato mil vezes já escutado: adoro histórias de amor meio dramáticas. Foi então que a terceira componente da mesa, que é psicanalista, disse a frase definitiva: "Eu, se fosse você, não terminava. Às vezes ficamos mais presas a um amor quando ele termina do que quando nos mantemos na relação".

Tacada de mestre.

A partir daí, começamos a debater essa inquestionável verdade: em determinadas relações, ficamos muito mais sufocadas pela ausência do homem que amamos do que pela presença dele. Creio que vale para ambos os sexos, aliás. Um namoro ou casamento pode ser questionado dia e noite: será que tem futuro? será que vou segurar a barra de conviver com alguém tão diferente de mim? será que passaremos a vida assim, às turras? Óbvio que não há respostas para essas perguntas, elas são feitas pelo simples hábito de querer adivinhar o dia de amanhã, mas a verdade é que mesmo sem certificado de garantia, a relação prossegue, pois, além de dúvidas, existe amor e desejo. E isso ameniza tudo. Os dois estão unidos nesse céu e inferno. Até que um dia, durante uma discussão, um dos dois se altera e termina tudo. Alforria? Nem sempre. Aí é que pode começar a escravidão.

Nossa amiga queixosa, a da relação iôiô, perdia o rumo cada vez que terminava com o namorado. Aí mesmo é que não pensava em outra coisa. Só nele. Não conseguia se desvencilhar, mesmo quando tentava. Todas as suas atitudes ficavam atreladas a esse homem: queria vingar-se dele, ou fugir dele, ou atazaná-lo – cada dia uma decisão, mas todas relacionadas a ele. Só quando reatavam (e sempre reatavam) é que ela descansava um pouco desse stress emocional e se reconciliava com ela mesma.

Eu nunca havia analisado o assunto por esse ângulo. Sempre achei que a sensação de asfixia era derivada de uma união claustrofóbica e a sensação de liberdade só era conquistada com o retorno à solteirice. Mas o amor, de fato, possui artimanhas complexas.

Minha amiga finalmente terminou sua relação tumultuada e hoje está vivendo um casamento mais maduro e sereno. Aquele nosso papo foi há alguns anos, mas nunca mais esqueci dessa inversão de sentimentos que explica tanta angústia e tanta neura. Por que temos urgência de abandonar um amor pelo fato de ele não ser fácil? Quem garante que sem esse amor a vida não será infinitamente mais difícil? Às vezes é melhor uma rendição do que fugir de um amor que não foi vivido até o fim. Foi isso que nossa amiga psicanalista quis dizer durante o jantar: não antecipe o término do que ainda não acabou, espere a relação chegar até a rapa, e aí sim.

14 de dezembro de 2008

IOLANDAS E COPOLAS

Quando eu era guria, adorava novela, mas aos poucos fui abandonando o vício e hoje assisto apenas uma ou outra, sem fissura. Mas esses capítulos finais de *A Favorita* estão me deixando presa em frente à tevê, seja pelo desempenho magnético de Patricia Pillar, seja pelas situações bizarras que sempre acontecem quando o final de uma novela se aproxima. Vira o samba do crioulo doido. E, por isso mesmo, fica mais divertido.

Mas não é sobre os absurdos da trama central que quero falar, e sim sobre um núcleo bem menos ruidoso e mais realista. É o que envolve o casal Copola e Iolanda, vividos pelos excelentes Tarcísio Meira e Suzana Faini. São dois coadjuvantes de luxo que não têm o que fazer em cena, a não ser demonstrar, com muita sutileza, a importância da sintonia para a felicidade de um casal.

Copola, apesar do jeito rústico, é um homem que gosta de livros, que se emociona com música, que sabe apreciar arquitetura histórica, que dá o devido valor à arte. O resultado disso é que se tornou um homem com uma sensibilidade refinada e um olhar abrangente pra vida. Sente-se confortável em qualquer ambiente porque sabe que o dinheiro não torna ninguém melhor do que os outros: ele é um cidadão que mergulhou no mundo sem sair da sua aldeia, portanto transita em qualquer meio com a segurança de quem fez das emoções o seu código de conduta.

Sua mulher, ao contrário, não compreende onde está o mérito de se entregar à contemplação do que lhe parece tão abstrato. Ela dedica sua vida à cozinha e à limpeza da casa. Só lhe interessa o que é prático. Não se desloca um milímetro do lugar-comum, é a embaixatriz do trivial. Dá a impressão de que a rotina escravizante é que a deixou assim amarga, mas essa escravidão não foi imposta pelas paredes do seu castelinho de alvenaria: ela se deixou enclausurar pela ignorância. Tornou-se obtusa por não desenvolver a paixão pela vida, e perdeu ambas: a vida e sua paixão.

Às vezes as pessoas me perguntam: por que os casamentos terminam tão cedo hoje em dia? Não terminam mais cedo hoje. É que antes o casal não se separava porque a mulher não tinha como se sustentar, e isso dava a falsa impressão de que eram casais longevos. O casamento acabava, mas o convívio prosseguia. Mais do que a separação de corpos, o que pode dar fim a um amor é o distanciamento de percepções: um enxerga o mundo em cores, o outro em preto e branco. Um percebe a delicadeza e a profundidade de tudo o que existe, o outro não consegue ir além da superfície. Pode um casal ser mais desunido do que aquele que, olhando na mesma direção, não consegue enxergar a mesma coisa?

Temperamentos antagônicos apimentam uma relação, dão graça ao embate, mas a falta absoluta de afinidades emocionais e intelectuais torna a convivência desértica e sem comunicação. Sentir o mundo de forma parecida é o que formata uma dupla. Copola e Iolanda não se traem, não se espancam, não brigam nem reatam mil vezes, não é o protótipo do casal de novela e não faz a mínima diferença se ficarão juntos no final. Nunca estiveram.

27 de dezembro de 2008

COMPETÊNCIA PRA VIDA

Tem aquelas pessoas de quem a gente é fã, mesmo não compactuando com o comportamento delas quando os holofotes se apagam. É o caso da Amy Winehouse, por exemplo, que acabou se envolvendo com drogas de uma maneira descontrolada e que por causa disso coleciona episódios deprimentes de internações e vexames públicos. Se eu lesse um livro que reunisse entrevistas dessa inglesa pancada das ideias, provavelmente não me identificaria muito com ela. Ainda assim, sua privacidade não é da minha conta, portanto nada me impede de considerá-la um dos melhores acontecimentos musicais dos últimos anos: é uma cantora de personalidade única e com um repertório classudo – eu certamente estaria na fila do gargarejo se Amy fizesse um show por aqui, mesmo correndo o risco de ela cair desmaiada sobre minha cabeça e eu ter que carregá-la de volta pro camarim.

E tem aquele outro tipo de artista que nos ganha por completo: a gente admira não só sua obra, mas sua visão de mundo também, o que estabelece um caso de amor eterno, que é o que rola entre mim e Woody Allen – por enquanto, um caso de amor unilateral porque ele ainda não sabe da minha existência, mas deixa saber.

Além de muitos DVDs, tenho alguns livros sobre ele, e adicionei à minha coleção o *Conversas com*

Woody Allen, que reúne uma série de entrevistas que ele concedeu ao longo dos últimos quarenta anos ao jornalista Eric Lax, e de onde se podem extrair declarações do tipo: "Eu gostaria de fazer um grande filme, desde que isso não atrapalhe a minha reserva para o jantar".

A despeito de sua modéstia – ele já fez vários grandes filmes –, o que me seduz nessa declaração é que ele revela ser do tipo que não coloca o trabalho à frente da vida pessoal, não sacrifica seus prazeres mundanos, não vira noites nem adoece por causa de um ofício que, por mais importante que seja, não vale um encontro com o namorado ou um almoço no dia do aniversário do filho. Eu desconfio muito de quem não valoriza o seu ócio predileto e acaba virando gângster de si mesmo. Até podem ganhar prêmios com sua dedicação inumana, mas perdem todo o sabor da vida. São profissionais competentes, por um lado, mas incompetentes por não reconhecerem a importância de alcançar uma certa vadiagem responsável, que é como eu chamo o "trabalhar sem se matar".

Quando fui publicitária, em priscas eras, meus colegas ficavam fulos ao me ver dando tchau às sete da noite e voltando pra casa sem um pingo de remorso, enquanto eles ficavam até altas horas fazendo não sei bem o quê – provavelmente o que fazem até hoje. Tirando algumas ocasiões (e profissões) excepcionais, em que realmente o trabalho exige hora extra, o resto é tempo desperdiçado em reuniões inúteis e enrolação de quem não tem nada melhor pra fazer nas suas horas livres.

Nesse mesmo livro, Woody Allen aconselha todo mundo a trabalhar, claro, mas recomenda que se divirtam com o processo, que não deem bola para o que os outros dizem e que, por mais gratificante que seja ganhar dinheiro, não se deixem levar por ilusões de grandeza. Menos vaidade, mais prazer.

Não estivesse ele comprometido e ligeiramente fora do meu alcance, eu o convidaria para jantar.

11 de janeiro de 2009

DO OUTRO LADO DO BALCÃO

Estava pegando sol na piscina de um hotel quando reparei que uma menina de uns sete anos estava atenta ao garçom que atendia os hóspedes. Quando ele se afastou, uma lampadinha de desenho animado se acendeu sobre a cabeça da pequena: ela tirou de dentro da sua mochila um pedaço de papel e um lápis e perguntou para os pais o que eles gostariam de almoçar. O pai "escolheu" um prato, a mãe outro. A menina, muito profissional, foi adiante: "E para beber?". Pedidos anotados, ela sumiu por trás de uns arbustos e voltou mais tarde com as refeições imaginárias, orgulhosa do seu serviço.

Lembrei que quando eu tinha a idade dela, eu adorava fingir que era uma secretária. Trancava a porta do quarto e passava a tarde na máquina de escrever, datilografando memorandos, fazendo listas, organizando fichas, enquanto fumava um lápis atrás do outro, neurótica com tanto trabalho. Também sonhei muito em ser aeromoça. E perdi a conta das vezes em que brinquei de ser balconista. Eu e minhas amigas pegávamos uns produtos na cozinha e criávamos um supermercado no quintal: eu queria ser a moça do caixa, lógico. Passava "as compras" pela esteira, registrava produto por produto, empacotava e entregava pro freguês, sem descuidar de dar o troco certo em moeda de mentirinha.

Será que as crianças de hoje brincam de ser empresárias, industriais, presidentes, enfim, de ser patrões? Creio que poucas. Essa ambição se desenvolve mais tarde, quando começam a ser catequizadas pela importância de ganhar dinheiro, de ter poder, de se instalar no andar de cima da escala hierárquica. Antes de começar a se deixar influenciar pela ansiedade capitalista e pelo afã de fazer parte de uma elite, o que se quer mesmo é fazer parte da massa, é servir. Criança não é boba: sabe muito bem qual é o lado que se diverte mais.

Sei que há muita garota que sonha em ser modelo e meninos que sonham em ser jogadores de futebol, visando a celebridade e a fortuna que essas profissões podem oferecer. Já nascem equivocadinhos. Essa menina da piscina me fez lembrar que também há muita criança que, antes de entrar na fissura por "ser alguém", ainda brinca de ser cabeleireira, de ser frentista, de ser motorista de táxi, profissões que lhes parecem mais alegres. Brincam de médico também, não me esqueci.

Ser empregado é melhor? Nós, que atravessamos a fronteira que separa a infância da maturidade, não temos dúvida de que o melhor é ser dono do próprio nariz e que é preciso estudar bastante para alcançar um patamar de vida que nos ofereça independência. Mas também sabemos que o poder e o dinheiro nos confinam numa espécie de prisão. Ficamos reféns de certas regras, de certas convenções, de certas necessidades que nem são tão necessárias assim, mas que foram inventadas para não nos permitir voltar atrás e dizer: "cansei, não quero mais brincar".

A alegria em servir, mais do que em ser servido, dura pouco, porém mesmo que essa inocência não sobreviva muito tempo, é reconfortante saber que pelo menos na fase inicial da vida acreditamos num mundo mais acolhedor, ainda não intoxicado pela diferença entre os que mandam e os que obedecem.

1º de março de 2009

MULHERES NA PRESSÃO

Camille Paglia, em entrevista à revista *Veja*, disse que as mulheres andam tão estressadas que muitos homens desistem da ideia de casar, e para ilustrar esse ritmo frenético que estamos vivendo, pergunta: alguém lembra de ter tido uma avó agitada?

Vamos por partes.

De fato, ninguém teve uma avó agitada, era outra época e elas se instalavam muito confortavelmente no papel de guardiãs da família. Talvez fossem mulheres plenamente realizadas ou diabolicamente frustradas, quem vai saber? Mas agitadas, não eram mesmo, o que pode ser uma bênção ou uma condenação. A pergunta que devolvo: alguma mulher hoje gostaria de reproduzir a vida que sua avó teve?

No entanto, concordo quando Camille Paglia diz que as mulheres andam estressadas demais, ainda que eu não acredite nessa história de que os homens estão desistindo de casar: todos nós, homens e mulheres, sonhamos em ter uma relação estável e legal. Mas para isso acontecer, não pode haver competitividade, e talvez seja essa a razão do nosso stress: estamos competindo bobamente com os homens, infantilmente com nossas avós e estupidamente com nós mesmas. Ainda desejamos provar para o mundo que yes, we can.

Claro que as mulheres podem tudo, está sacramentado. Mas será que devemos *querer* tudo? Onde foi parar nosso critério de seleção? Já não sabemos distinguir o que é prioridade e o que pode ficar em segundo plano: tudo virou prioridade. E só uma mulher supersônica consegue ter eficiência absoluta em todos os quesitos: melhor mãe, melhor amiga, melhor filha, melhor namorada, melhor esposa, melhor profissional, melhor dona de casa e melhor bunda. É morte por exaustão na certa.

Eu proponho, nesse dia internacional da mulher, que a gente dê uma folga para nós mesmas. Vamos mudar de assunto. Que se pare de falar de mulheres que conseguiram engravidar aos 57 anos, que perderam 30 quilos em duas semanas, que beijaram 28 caras em duas noites de carnaval, que aprenderam a ganhar dinheiro sem sair de casa, que visitaram 46 países nos últimos 10 anos, que sobreviveram a tragédias, que conseguiram dominar as melenas, que são executivas completas, que possuem duas centenas de sapatos, que três semanas depois de se separar já estão felizes nos braços de outro, que preparam um risoto de funghi em 10 minutos, que têm disposição para rolar no chão com os filhos, que assistiram a todos os filmes em cartaz, que aparentam ter 15 anos menos, que exibem uma barriga de tanquinho um mês depois de parir, que lembram trechos inteiros dos clássicos que leram na época da faculdade, que superaram traumas, que arranjam tempo pra fazer pilates, ioga, musculação e drenagem linfática. Dá orgulho, eu sei, mas é uma competência e uma autopromoção que beira o irreal.

Estou com saudades de ler e ouvir sobre as adoráveis qualidades dos homens. Eles merecem voltar a ser valorizados em seus atributos. Isso ajudaria a reduzir nosso stress. Com menos holofotes em nossa direção, deixaremos de nos cobrar tanto e recuperaremos um pouco da paz de nossas avós.

8 de março de 2009

BADERNA CEREBRAL

Sobre o quê mesmo que eu ia escrever? Vou lembrar, só um pouquinho. Calma... Espere um instante...

Lembrei. Quero escrever sobre uma piada que cada dia se propaga mais entre as rodas de amigos. Pessoas trocam as palavras, esquecem nomes, se perdem no meio das frases e, pra se justificar, dizem: é o "alemão" se manifestando. Alemão é o apelido do Alzheimer, e quá quá quá, todos acham a maior graça da brincadeira, mas eu já não estou achando graça nenhuma.

Outro dia assisti na tevê a uma entrevista de um neurologista que dizia, entre outras coisas, que as mulheres têm uma memória melhor do que a dos homens. Estou em apuros. Comentei com uma amiga que está na hora de eu fazer uma vasculhagem cerebral, marcar meia dúzia de tomografias e enfrentar o diagnóstico, seja ele qual for. Ela comentou que sente vontade de fazer o mesmo, mas que não tem coragem, porque é certo que algum curto-circuito será detectado: não é possível tanto esquecimento, tanto branco, tanto abobamento. Acontece com ela, acontece comigo, e com você aposto que também, ou você não lembra?

Alzheimer é doença séria, mas, que me conste, ainda não virou epidemia. O que vem sucedendo com todas (to-das!)as pessoas com quem converso é, provavelmente, uma reação espontânea a esse ritmo vertiginoso da vida e a esse turbilhão de informações que já não conseguimos processar. É chute meu, óbvio. Meu diploma é de comunicadora, não de médica. Mas creio que o motivo passa por aí: nosso cérebro está sendo massacrado por uma avalanche de nomes, números, datas, rostos, fatos, cenas, frases, fotos, e isso só pode acabar em pane.

Coisa da idade? Então me explique o fenômeno que relato a seguir. Semana passada minha filha de dezessete anos disse o seguinte: "Ontem a gente vai dormir na casa da Gabriela, mãe". Ontem vocês irão aonde, minha filha? Ela caiu na gargalhada. "Putz, quis dizer amanhã! *Amanhã* a gente vai dormir na casa da Gabriela." Escassos dezessete aninhos e uma overdose de horas de navegação no mundo alucinógeno do MSN, MySpace, YouTube, Orkut e grande elenco: só pode ser efeito colateral da informática, ou ela também já entrou pra turma das desvairadas?

Pode ser apenas mal de família. É uma hipótese, porém tenho reparado que é mal não só da minha, mas de todas as famílias do planeta. O que é que está me escapando?

Afora muitas palavras difíceis e também as fáceis, muitos verbos complicados e também os de uso contínuo, muitos nomes desconhecidos e também os de parentes em primeiro grau, nomes de cidades distantes e o da cidade em que me encontro agora – Porto o que, mesmo? – o que está me escapando é uma explicação decente.

O que é que está acontecendo com a gente?

15 de março de 2009

A DIFICULDADE EM SER ORIGINAL

Com tanta coisa acontecendo no mundo, deve ser moleza arranjar assunto fresquinho para escrever. Foi o que me disseram outro dia, e me flagrei pensando: quem dera.

Recebemos uma overdose de informação, mas isso não significa que os acontecimentos sejam surpreendentes a ponto de fazer a festa dos colunistas. É leite tirado de pedra diariamente. Como ser original quando tudo se repete e repete e repete?

O Brasil inteiro está comentando a lista de convocados pelo Dunga, uns o criticando, outros o absolvendo, e daqui a um mês uma nova Copa começará em que nossa seleção terá boa chance de vencer, e alguma de perder. Já não passamos por isso antes, igualzinho?

Questões envolvendo a extradição de um criminoso, ataques sangrentos no Iraque, crise nas Bolsas de Valores, barreiras comerciais afetando a relação entre países, alerta para chuva forte, violência nas estradas. Mais do mesmo.

Atos insanos surgem aqui e ali, nos escandalizando por alguns dias, fazendo com que discutamos sobre mentes doentias e a necessidade que tantos têm de espetacularizar a própria história, e então, passado o susto, viramos a página.

Crises econômicas, conflitos religiosos, garotos matando colegas de aula, veteranos do esporte tentando se manter na ativa, casamentos e separações de celebridades, campanhas eleitorais, denúncias de corrupção, tendências da moda outono-inverno, cantores adolescentes que viram ídolos instantâneos, últimos capítulos de novela. O que ainda suspende a nossa respiração?

Tivemos recentemente a eleição do primeiro presidente negro dos Estados Unidos, que foi um acontecimento histórico. Depois esfriou. O que temos de quente, pra hoje, são as preocupantes ameaças ambientais ao planeta, em especial o vazamento de óleo no Golfo do México e um vulcão ativo que tem causado transtornos no Hemisfério Norte, mas isso já não é notícia de ontem?

Cada vez que sento diante do computador, nada me parece moleza. O que é que ainda falta dizer? O que ainda nos deixa perplexos? Como ofertar um pouco de originalidade ao leitor? Que pretensão. Desde o 11 de setembro de 2001 que o mundo não tem sido original. Não que eu deseje que atentados dessa magnitude se repitam: já bastam os homens-bomba, que viraram rotina.

É só um desabafo: hoje os absurdos se sucedem em escala industrial e os fatos novos são como mariposas, nascem e morrem no mesmo dia.

Por essas e outras, persevero no trivial, que, contrariando sua natureza, passou a ser o inusitado da vida.

22 de março de 2009

CRESÇA E DIVIRTA-SE

Tenho viajado bastante para acompanhar algumas pré-estreias do filme *Divã*, baseado no meu livro homônimo. Delícia de tarefa, ainda mais quando a gente gosta de verdade do trabalho realizado, e esse filme realmente ficou enxuto, delicado e emocionante. Além disso, ainda consegue me provocar. A personagem Mercedes (vivida pela incrível Lilia Cabral) está fazendo análise e leva pro consultório muitos questionamentos sobre sua vida. Até que, passado um tempo, finalmente relaxa e se dá conta de que não há outra saída a não ser conviver com suas irrealizações. Diante disso, o analista sugere alta, no que ela rebate: "Alta? Logo agora que estou me divertindo?".

Eu tinha esquecido dessa parte do livro, e quando vi no filme, me pareceu tão cristalino: um dos sintomas do amadurecimento é justamente o resgate da nossa jovialidade, só que não a jovialidade do corpo, que isso só se consegue até certo ponto, mas a jovialidade do espírito, tão mais prioritária. Você é adulto mesmo? Então pare de reclamar, pare de buscar o impossível, pare de exigir perfeição de si mesmo, pare de querer encontrar lógica pra tudo, pare de contabilizar prós e contras, pare de julgar os outros, pare de tentar manter sua vida sob rígido controle. Simplesmente, divirta-se.

Não que seja fácil. Enquanto que um corpo sarado se obtém com exercício, musculação, dieta e discernimento quanto aos hábitos cotidianos, a leveza de espírito requer justamente o contrário: a libertação das correntes. A aventura do não domínio. Permitir-se o erro. Não se sacrificar em demasia, já que estamos todos caminhando rumo a um mesmo destino, que não é nada espetacular. É preciso perceber a hora de tirar o pé do acelerador, afinal, quem quer cruzar a linha de chegada? Mil vezes curtir a travessia.

Dia desses recebi o e-mail de uma mulher revoltada, baixo-astral, carente de frescor, e fiquei imaginando como deve ser difícil viver sem abstração e sem ver graça na vida, enclausurada na dor. Ela não estava me xingando pessoalmente, e sim manifestando sua contrariedade em relação ao universo, apenas isso: odiava o mundo. Não a conheço, pode sofrer de depressão, ter um problema sério, sei eu. Só sei que há pessoas que apresentam quadro depressivo e ainda assim não perdem o humor nem que queiram: tiveram a sorte de nascer com esse refinado instinto de sobrevivência.

Dores, cada um tem as suas. Mas o que nos faz cultivá-las por décadas? Creio que nos apegamos com desespero a elas por não ter o que colocar no lugar, caso a dor se vá. E então se fica ruminando, alimentando a própria "má sorte", num processo de vitimização que chega ao nível do absurdo. Por que fazemos isso conosco?

Amadurecer talvez seja descobrir que sofrer algumas perdas é inevitável, mas que não precisamos nos agarrar à dor para justificar nossa existência.

5 de abril de 2009

O AMOR QUE A VIDA TRAZ

Você gostaria de ter um amor que fosse estável, divertido e fácil. O objeto desse amor nem precisaria ser muito bonito, nem rico. Uma pessoa bacana, que te adorasse e fosse parceira já estaria mais do que bom. Você quer um amor assim. É pedir muito? Ora, você está sendo até modesto.

O problema é que todos imaginam um amor a seu modo, um amor cheio de pré-requisitos. Ao analisar o currículo do candidato, alguns itens de fábrica não podem faltar. O seu amor tem que gostar um pouco de cinema, nem que seja pra assistir em casa, no DVD. E seria bom que gostasse dos seus amigos. E precisa ter um objetivo na vida. Bom humor, sim, bom humor não pode faltar. Não é querer demais, é? Ninguém está pedindo um piloto de Fórmula 1 ou uma capa da *Playboy*. Basta um amor desses fabricados em série, não pode ser tão impossível.

Aí a vida bate à sua porta e entrega um amor que não tem nada a ver com o que você queria. Será que se enganou de endereço? Não. Está tudo certinho, confira o protocolo. Esse é o amor que lhe cabe. É seu. Se não gostar, pode colocar no lixo, pode passar adiante, faça o que quiser. A entrega está feita, assine aqui, adeus.

E agora está você aí, com esse amor que não estava nos planos. Um amor que não é a sua cara, que não lembra em nada um amor idealizado. E, por isso mesmo, um amor que deixa você em pânico e em êxtase. Tudo diferente do que você um dia supôs, um amor que te perturba e te exige, que não aceita as regras que você estipulou. Um amor que a cada manhã faz você pensar que de hoje não passa, mas a noite chega e esse amor perdura, um amor movido por discussões que você não esperava enfrentar e por beijos para os quais nem imaginava ter tanto fôlego. Um amor errado como aqueles que dizem que devemos aproveitar enquanto não encontramos o certo, e o certo era aquele outro que você havia solicitado, mas a vida, que é péssima em atender pedidos, lhe trouxe esse e conforme-se, saboreie esse presente, esse suspense, esse nonsense, esse amor que você desconfia que não lhe pertence. Aquele amor em formato de coração, amor com licor, amor de caixinha, não apareceu. Olhe pra você vivendo esse amor a granel, esse amor escarcéu, não era bem isso que você desejava, mas é o amor que lhe foi destinado, o amor que começou por telefone, o amor que começou pela internet, que esbarrou em você no elevador, o amor que era pra não vingar e virou compromisso, olha você tendo que explicar o que não se explica, você nunca havia se dado conta de que amor não se pede, não se especifica, não se experimenta em loja, como quem diz: ah, este me serviu direitinho!

Aquele amor corretinho por você tão sonhado vai parar na porta de alguém que despreza amores corretos, repare em como a vida é astuciosa. Assim são as entregas de amor, todas como se viessem num caminhão da sorte, uma promoção de domingo, um prêmio buzinando lá fora, mesmo você nunca tendo apostado. Aquele amor que você encomendou não veio, parabéns! Agradeça e aproveite o que lhe foi entregue por sorteio.

12 de abril de 2009

ACHAMOS QUE SABEMOS

Outro dia assisti a um filme no DVD do qual nunca tinha ouvido falar – talvez porque nem chegou a passar nos cinemas. Chama-se *Vida de casado*, um drama enxuto, com apenas noventa minutos de duração e jeito de clássico. Gostei bastante. Um homem casado há muitos anos se apaixona por uma bela garota e com ela quer viver, mas não sabe como terminar seu casamento sem que isso humilhe a venerável esposa, então decide que é melhor matá-la para que ela não sofra: não é uma solução amorosa? Se fosse para resumir o filme numa única frase, seria: "Ninguém sabe o que está se passando pela cabeça da pessoa que está dormindo ao nosso lado".

Será que nós sabemos, de verdade, o que acontece a nossa volta? Achamos que sabemos.

Achamos que sabemos quais são as ambições de nossos filhos, o que eles planejam para suas vidas, esquecendo que a complexidade humana também é atributo dos que nasceram do nosso ventre, e que por mais íntimos e abertos que eles sejam conosco, jamais teremos noção exata de seus desejos mais secretos.

Achamos que sabemos o que o amor da nossa vida sente por nós, baseados em suas declarações afetuosas, seus olhares ternos, suas gentilezas intermináveis e sua permanência, mas isso diz tudo mesmo?

Nem sempre temos conhecimento das carências mais profundas daquele que vive sob o nosso teto, e não porque ele esteja sonegando alguns de seus sentimentos, mas porque nem ele consegue explicar para si mesmo o que lhe dói e o que ainda lhe falta.

Achamos que sabemos quais são as melhores escolhas para nossa vida, e é verdade que alguma intuição temos mesmo, mas certeza, nenhuma. Achamos que sabemos como será envelhecer, como será ter consciência de que se está vivendo os últimos anos que nos restam, como será perder a rigidez e a saúde do corpo, achamos que sabemos como se deve enfrentar tudo isso, mas que susto levaremos quando chegar a hora.

Achamos que sabemos o que pensam as pessoas que nos fazem confidências. Aceitamos cada palavra dita e nos sentimos honrados pelas informações recebidas, sem levar em conta que muito do que está sendo dito pode ser da boca pra fora, uma encenação que pretende justamente mascarar a verdade, aquela verdade que só sobrevive no silêncio de cada um.

Achamos que sabemos decodificar sinais, perceber humores, adivinhar pensamentos, e às vezes acertamos, mas erramos tanto. Achamos que sabemos o que as pessoas pensam de nós. Achamos que sabemos amar, achamos que sabemos conviver e achamos que sabemos quem de fato somos, até que somos pegos de surpresa por nossas próprias reações.

Achar é o mais longe que podemos ir nesse universo repleto de segredos, sussurros, incompreensões, traumas, sombras, urgências, saudades, desordens emocionais, sentimentos velados, todas essas abstrações que não podemos tocar, pegar nem compreender com exatidão. Mas nos conforta achar que sabemos.

19 de abril de 2009

MARIAS-GASOLINA

Você já deve ter visto este comercial de tevê: um cara bonitão, acompanhado da namorada, para seu carro no sinal vermelho. Ao lado, está parado um outro carro, bem mais bacana. Enquanto o sinal não abre, o homem do primeiro carro fica apreciando o design do carro vizinho. De repente, o vidro da janela desse outro carro abre e quem está lá dentro? A namorada do primeiro homem, que saiu de fininho e transferiu seu amor para o dono do automóvel mais possante. E viva a frivolidade.

Nem sei a razão de tocar nesse assunto, porque certas coisas são culturais e não mudam: carro e mulher são indissociáveis. Nas corridas de Fórmula 1, é obrigatório gatonas de shortinhos circulando pelos boxes. Nas feiras de produtos automotores: mulher, mulher, mulher. E oficina mecânica sem pôster da *Playboy* não é digna de confiança.

Tenho um amigo em São Paulo que escreve umas crônicas maneiras para o site Itodas, o Eduardo Haak. Semana passada ele falou sobre uma amiga que quase desmaiou quando um pretendente a namorado foi buscá-la de kombi. Reconheço, kombi, além de chinelagem, é risco de vida. Mas isso descredibiliza o candidato na hora?

A maioria da mulherada responderia: siiiiim!

Admito que eu não ficaria nem um pouco extasiada em pegar carona numa lata-velha onde houvesse um monte de penduricalho no espelho retrovisor e um adesivo gigante dizendo "Jesus te ama", mas isso está na categoria do bom e do mau gosto. Pode-se cometer esse tipo de atentado até numa Ferrari.

Óbvio que beleza e modernidade me cativam. Mas não me alienam. É muito provinciano escolher um homem pelo carro que ele tem. Na Europa, onde não há essa fissura automobilística que herdamos dos americanos, diversos ótimos partidos circulam de bicicleta e transporte coletivo. Ah, mas em Paris é charmoso...

Não sei qual o meu problema, mas nunca atraí homens com bólidos espetaculares. Fazendo um distante flashback, me vejo andando de ônibus, de opala, de maverick, de pointer, todos em estado terminal. Em compensação, seus donos sobreviveram às suas charangas e hoje estão em melhor situação do que muito magal "veloz e furioso".

Essa crônica não é para achincalhar os proprietários de cherokees e mitsubishis, era só o que faltava. Saúdo-os! Mas que sirva para alertar uma certa classe de mulher: não é o carro que faz o homem. Não que eu pouco me importe com o assunto: dirijo um simpático EcoSport que só me traz alegrias. Sendo dona de um carro que me satisfaz, o carro dos outros não precisa me servir de acessório.

Infelizmente, estou falando para as paredes. As mulheres são radicais em relação a determinados assuntos. Mas pensem, garotas: vocês realmente gostariam de ser escolhidas pela grife das suas bolsas? Pela quantidade de consoantes dos seus sobrenomes?

Eu não lembro a marca do carro que é anunciado naquele comercial (mentira, lembro, mas não vou dar essa colher), só sei que aquela biscate não me representa. E espero sinceramente que a você também não.

6 de maio de 2009

CARTA AO RAFAEL

Rafael, teu irmão nasceu cerca de quatro anos atrás, no finalzinho do mês de julho. Na época eu aproveitei que logo em seguida seria Dia dos Pais e escrevi uma carta pública ao João Pedro, aqui nesse mesmo jornal, homenageando não só o teu, mas o meu irmão também – teu pai. Agora você, meu segundo sobrinho, nasce colado ao dia das mães, e imagina se vou te privar de recepção semelhante.

Bem-vindo, Rafa. O mundo é legal, desde que a gente saiba lidar com suas contradições. Tem muita beleza e miséria, dias de sol e temporal, pessoas que dizem sim e que dizem não, e muitos gremistas e colorados infiltrados dentro da tua família. Mesmo assim, não pense que você vai ter opção. Não se deixe enganar pelas roupinhas azuis, essa não será sua cor preferida.

Desde que você saiu da barriga, está escutando votos de saúde e felicidade (mesmo que, por enquanto, tudo não passe de um barulho incompreensível e que você já esteja com saudade do silêncio uterino). Pois saiba que são votos clichês, mas os clichês são sábios: saúde e felicidade é tudo o que você precisa nessa vida. Só que tem que dar uma mãozinha. Então, pratique esportes, se alimente bem e não fume: a saúde já estará 50% garantida, o resto é sorte. Quanto à felicidade, o jeito é tentar fazer boas escolhas. Como fazê-las?

Ninguém sabe ao certo, mas ser íntegro e não se deixar levar por vaidades e preconceitos promove uma certa paz de espírito. Ser feliz não é muito difícil, basta não ficar obcecado com esse assunto e tratar de viver. Quem pensa demais não vive.

Não brigue muito com seu irmão, ele será seu melhor amigo, mesmo que você não acredite nisso quando ele não quiser emprestar alguns brinquedos – o carro dele, por exemplo.

Você vai ser louco, apaixonado, babão por sua mãe. É natural. Mas não deixe que suas namoradas percebam.

Cada vez mais o dinheiro controla os desejos. É importante ganhá-lo, pois sem independência não somos donos de nós mesmos, mas para ganhá-lo você não precisa perder nada: nem escrúpulos e nem caráter, ou você estará se deixando comprar. Não se deixe controlar por ele. Pelo dinheiro, digo, porque pelos desejos você não só pode como deve se render. Mas não seja um *heartbreaker* profissional, a mulher da sua vida pode lhe escapar das mãos.

Ia esquecendo: estude inglês.

Uma vida sem arte é uma vida árida, sem transcendência, um convite à mediocridade. Então desfrute de muita música e cinema, e quando suas garotas tentarem lhe arrastar para um teatro, vá sem reclamar, há 30% de chance de você gostar. Importante: se alguém disser que ler é chato, mande se entender comigo.

Tédio é para os sem inspiração. O mundo oferece estradas, passeatas, eleições, aeroportos, ondas, montanhas, campeonatos, vestibulares, desafios, churrascos, festivais, feriadões, roubadas, gargalhadas, madrugadas e declarações de amor. É assim mesmo, tudo misturado e barulhento. A saudade do silêncio uterino vai lhe surpreender muitas outras vezes. Busque esse silêncio dentro de você.

Então é isso, Rafa, seja corajoso e grato: nascer é um privilégio concedido a poucos, ainda que sejamos bilhões. Não desperdice a chance e esteja consciente de duas coisas: que sem alegria nada vale a pena, e que Rafa é um apelido do qual você não escapa.

10 de maio de 2009

A ERA DO COMPACTO

Estava num avião, voando do Rio para Porto Alegre. Ao meu lado, um casal. Ele lia *Retrato em sépia*, de Isabel Allende. No finalzinho da viagem, fechou o livro e fez o seguinte comentário pra esposa: "Por mim, os livros não precisariam ter este número tão grande de páginas, um resumo da história estaria mais do que bom".

Há quem escolha o livro pelo número de páginas. Se tiver mais que duzentas, não chega nem perto. Livrão: taí uma coisa que não me inibe. É bem verdade que um tijolaço não é lá muito agradável de segurar, mas nada impede que seja devorado com prazer. No entanto, é uma exceção que abro para a literatura. Para quase todo o resto, sou fã dos compactos.

Cinema, por exemplo. Não entendo por que esta mania agora de filme com três horas de duração. Era tão bom quando os filmes duravam no máximo duas. Sessões às 14h, 16h, 18h, 20h. Agora as sessões começam nos horários mais esdrúxulos: 14h10, 17h25, 20h50. E o troço não termina nunca.

Peça de teatro, nem me fale. Deveria ser lei: não durar mais do que noventa minutos – que o Zé Celso Martinez Corrêa não me ouça. Gosto muito de teatro, mas também gosto muito de jantar. Em tempo: tampouco gosto de me estender demais nos restaurantes.

Não gosto de me estender em festas. Não gosto de me estender demais fora da minha casa e fora da minha rotina. Não gosto de nada que extrapole o tempo regulamentar do meu humor e da minha capacidade de simpatia.

Reconheço que nada do que estou dizendo é digno de aplauso. Manda a etiqueta não se apressar, usufruir de tudo com calma, dar tempo para que as coisas se desenvolvam. Na teoria, concordo. Na prática, sou menos paciente. Não lido bem com situações que se arrastam, com falta de objetividade, com rodeios. Fico nervosa com gente que fala muito pausadamente e leva dez minutos pra dizer o que poderia ser dito em três. Pessoas que perdem horas ao telefone sem chegar logo ao ponto. Música que repete à exaustão o estribilho. Eu cortaria uns quatro "lá, lá, lá, lá, lá, lá, lá, hey, Jude..." no final da música dos Beatles. Que heresia: sobrou até para os Beatles.

E o que dizer de um palestrante que ama a própria voz? E e-mails do tamanho de teses de mestrado? E de doutorado? E novelas? Alguém me explica por que ainda fazem novelas que duram oito meses?

Estou dando a impressão de que fui abduzida por esse mundo que não enaltece o prazer, que não se entrega à reflexão, que não curte as travessias. Mas a verdade é que eu ainda me regalo – e muito – com prazeres, reflexões e travessias, sem achar que para isso é necessário que elas me esgotem, que me obriguem a chegar na outra margem sem fôlego.

Para provar que não sou um caso totalmente perdido, algumas coisas ainda aprecio que sejam longas, como as amizades, as caminhadas, as conversas em volta da mesa, nosso tempo de vida. E uma boa transa, claro.

Já sexo tântrico é outro exagero. Cinco horas pra atingir o orgasmo? Esse pessoal não tem que trabalhar no dia seguinte?

27 de maio de 2009

OS AUSENTES

Eu não assisti ao programa, mas soube da história. O jornalista David Letterman recebeu Joaquin Phoenix para uma entrevista. O ator fez jus à fama de bad boy: não parou de mascar chiclete e só respondia com monossílabos e grunhidos, não facilitando o andamento da conversa. Letterman tentou, tentou, e como não conseguiu arrancar nada do sujeito, encerrou a entrevista com uma tirada ótima: "Joaquin, uma pena que você não pôde vir esta noite".

Quando uma pessoa se dispõe a dar uma entrevista, tem que entrar no jogo: responder com generosidade ao que foi perguntado e valer-se de uma educação básica, caso tenha. É bom lembrar que a maioria das entrevistas não é feita apenas para dar ibope ao programa, e sim para ajudar na divulgação de algum projeto do convidado. Ambos saem ganhando. Só quem não ganha é a plateia quando o convidado finge que está lá, mas não está. Madonna é até hoje o trauma da carreira de Marília Gabriela, pelos mesmos motivos.

Claro que há quem defenda a atitude de Phoenix com o argumento da "autenticidade", mas existe uma sutil diferença entre ser autêntico e ser grosso. É muita inocência achar que podemos prescindir de uma certa performance social. Espero não estar ferindo a sensibilidade dos "autênticos", mas de um teatrinho ninguém escapa, a não ser que queiramos voltar a viver nas cavernas.

Não sou de me irritar facilmente, mas acho um desrespeito quando uma pessoa faz questão de demonstrar que não compactua com a ocasião. São os casos daqueles que se emburram em torno de uma mesa de jantar e não fazem a menor questão de serem agradáveis. Pode ser num restaurante ou mesmo na casa de alguém: estão todos confraternizando, menos a "vítima", que parece ter sido carregada para lá à força. Às vezes, foi mesmo. Sabemos o quanto uma mulher pode ser insistente ao tentar convencer um marido a participar de um aniversário de criança, assim como maridos também usam seu poder de persuasão para arrastar a esposa para um evento burocrático. Não importa a situação: saiu de casa, esforce-se. Não precisa virar o mestre de cerimônias da noite, mas ao menos agracie seus semelhantes com dois ou três sorrisos. Não dói.

Dentro da igreja, ajoelhe-se. No estádio de futebol, grite pelo seu time. Numa festa, comemore. Durante um beijo, apaixone-se. De frente para o mar, dispa-se. Reencontrou um amigo, escute-o.

Ou faça de outro jeito, se preferir: dentro da igreja, escute-O. Durante um beijo, dispa-se. No estádio de futebol, apaixone-se. De frente para o mar, ajoelhe-se. Numa festa, grite pelo seu time. Reencontrou um amigo, comemore.

Esteja!

Se não quiser participar, tudo bem, então fique na sua: na sua casa, no seu canto, na sua respeitável solidão. Melhor uma ausência honesta do que uma presença desaforada.

31 de maio de 2009

O CLUBE DO FILME

Até poucos dias atrás, David Gilmour, para mim, era o guitarrista e vocalista do Pink Floyd. Foi quando entrou na minha vida outro David Gilmour, escritor canadense que acaba de lançar *O Clube do Filme*, um livro em que ele conta uma história real que aconteceu dentro de sua casa.

David tem um filho chamado Jesse. Pois Jesse, aos dezesseis anos, não queria nada com os estudos. Era inteligente, mas totalmente desmotivado. Você conhece algum adolescente assim? Toque aqui. Mas duvido que você ou eu tivéssemos coragem de fazer o que o pai do Jesse, o David Gilmour escritor, fez. Percebendo que o garoto não tinha a menor perspectiva de terminar o colégio sem levar várias bombas sequenciais, David propôs: "Se quiser largar a escola, largue. Mas em troca, você terá que ver três filmes por semana – indicados por mim e na minha companhia. Ou isso, ou nada feito". O guri nem piscou. Topou no ato.

O pai então passou algumas noites em claro questionando sua própria atitude. Não estaria fazendo uma grande besteira? Temeu estar pavimentando o fracasso do filho, mas agora só restava ir adiante. E esse "ir adiante" é que faz do livro um vício: não se consegue largar antes do final.

Para quem gosta de cinema, é uma provocação. Simplesmente todos os filmes que vimos, e mais os que perdemos, são citados. Dá vontade de ler o livro dentro de uma locadora e ir enchendo um carrinho de mão com todos os DVDs disponíveis pra conferir cada cena que é comentada. Mas não se assuste: não é um livro para experts da sétima arte, dá pra ler sem ser um Rubens Ewald. O bacana da história é a confirmação de algo que nós sabemos, mas nem sempre colocamos em prática: não se ajuda um filho a crescer por videoconferência, por relacionamento à distância. É preciso tempo compartilhado. E Gilmour faz valer esse tempo: à medida que Marlon Brando, Clint Eastwood, Sharon Stone, John Travolta e James Dean entram na sala de casa, vai se abrindo o leque para conversas sobre namoradas, drogas, música, dores de cotovelo, medos, virilidade.

Não é um livro didático nem moralista, longe disso. É terno, verdadeiro, engraçado e dispensa um the end cinematográfico, ainda que tudo acabe bem. É apenas a história de um pai que estava quase arrancando os cabelos por causa de um moleque indiferente com quem ele mal conseguia conversar, e que de repente arrisca uma via inusitada para se aproximar do guri e ajudá-lo a amadurecer. Em todos os países em que o livro foi lançado, não houve uma debandada das escolas, portanto os professores podem respirar aliviados que os seus empregos estão garantidos. Mas há que se reconhecer que é sempre empolgante a gente confirmar através da literatura e do cinema (e, por que não dizer, através de guitarristas como o outro David Gilmour, que nada tem a ver com essa história) que a arte não serve apenas para nos divertir nas horas de folga, mas também para nos preparar para a vida.

7 de junho de 2009

DON MARIO

Era 1993 e eu recém havia desembarcado em Santiago do Chile, onde iria morar. Por casualidade, cheguei na mesma semana em que se iniciava a Feira do Livro, localizada numa antiga estação de trens. Fui para a Feira sem saber o que procurar. Zanzava sozinha pelos corredores quando de repente percebi uma movimentação: alguém importante chegara, e a multidão não se continha. Aplausos, flashes, autógrafos. Me aproximei. Era Mario Benedetti.

O que eu conhecia da obra do autor uruguaio era insuficiente para entender a razão daquele agito. Mas como eu não procurava por nada específico, aproveitei e comprei alguns livros de poemas daquele senhor que estava sendo homenageado a poucos metros de mim. Pensei: vai ser bom para eu aprender espanhol.

Foi bom para aprender tudo.

Aprender o quanto um único verso pode provocar uma emoção intensa, o quanto a poesia engajada pode falar em nome de todo um povo, o quanto a poesia de amor comove até aqueles que não amam, o quanto a calidez e a simplicidade comunicam, o quanto não é preciso ser rebuscado para ser respeitado, o quanto Drummond estava certo quando disse que é mais importante ser eterno do que moderno.

Daquele ano em diante, devorei tudo dele que me caiu em mãos, e sei que apesar de eu possuir algumas antologias de sua obra, esse tudo ainda é pouco – foram 88 anos de vasta produção.

De sua ficção, destaco *Gracias por el fuego* (a edição brasileira mantém o título em espanhol) e *A trégua*, um relato escrito em forma de diário por um senhor de quase cinquenta anos em vias de se aposentar – na época em que foi escrito, era o retrato de um matusalém. Hoje, aos cinquenta anos, os homens ainda surfam. Mas certas coisas não mudam, como o fato de o personagem, um funcionário público de rotina medíocre, solitário, sem maiores planos a não ser o de aguardar o repouso definitivo, se apaixonar quando menos esperava. Não é um tema novo, mas os autores verdadeiramente talentosos não precisam de temas novos.

Mario Benedetti faleceu anteontem, provavelmente aceitando o destino que lhe coube no tempo razoável de quase nove décadas de vida (a morte nunca é razoável, mas vá lá). Apesar de ter passado por alguns momentos difíceis, como o exílio na época da ditadura militar e de viver num mundo sem mais lugar para utopias, nunca deixou de ser um homem comprometido com as causas sociais e com o amor por sua esposa, com quem foi casado por mais de sessenta anos. Duvido que algum dia tenha perdido tempo lamentando não ter seguido outro rumo, a julgar pelas palavras do personagem Miguel, do seu livro *Quem de nós*, com as quais encerro essa minha homenagem. “Mas existe verdadeiramente outro rumo? Na verdade, só existe a direção que tomamos. O que poderia ter sido já não conta.”

20 de junho de 2009

NÓS, OS TROGLODITAS

Semana passada recebi uma enxurrada de informações enaltecendo o vegetarianismo e condenando a prática de se matar animais para comer. Eu, que deliro diante de uma picanha mal passada, já estava me achando a mulher de Neanderthal quando, em meu socorro, sem que eu houvesse socilitado, me chegou por e-mail um capítulo do livro *Incríveis casos verdadeiros* do gastrenterologista carioca Geraldo Siffert Junior, em que ele redime a carne vermelha, inclusive contando casos engraçados, como o do dia em que, por volta das 17h, percebeu que ainda não havia almoçado e resolveu entrar numa churrascaria que estava praticamente vazia, a não ser por um sujeito solitário que estava ali num canto atracado numa costela. Qual a surpresa do médico ao reconhecer que era seu melhor amigo, notório vegetariano da cidade, que ficou lívido: "Me sinto como se você tivesse me surpreendido com uma amante. Isso é hora de você aparecer? Churrascarias, nesse horário, são alcovas!".

Revistas especializadas já absolveram a carne vermelha, salientando seus valores nutritivos, como a proteína e o ferro, além de confirmar que as menos gordurosas são fundamentais para a musculatura de pessoas idosas, mas nada disso melhora a imagem dos carnívoros: dizem que o pobre do boi não merece pagar o pato. Nem mesmo o pato merece pagar o pato. Quem come bicho morto é a escória.

E o que dizer de Obama, que matou uma mosca não para comê-la, mas para fazer gracinha diante das câmeras? Adorei a desenvoltura do presidente norte-americano. Obama se concentrou, mirou e pum: abateu-a de um golpe só. Pois o que era pra ser apenas uma atitude descontraída, acabou atiçando os brios do pessoal do PETA, que defende os direitos dos animais. A organização não se conformou com a execução ao vivo: "Apoiamos a compaixão mesmo por animais pequenos, estranhos e desagradáveis", declarou o porta-voz Bruce Friedrich, que por certo também luta pela preservação dos ácaros. E não parou por aí: "Esmagar uma mosca na TV mostra que Obama não é perfeito".

Pois é, Bruce, Obama não é perfeito, e ainda por cima é chegado num bife. Perfeitos são os que patrulham as pessoas que matam moscas e se alimentam de carne. Nem todo mundo é evoluído, Bruce. Nem todos têm seu grau de consciência ecológica e ambiental. Ainda há muita imperfeição no mundo. Diria até, Bruce, que há imperfeições mais nocivas à sociedade do que as que você combate. Dá para acreditar que há seres humanos que, além de comer carne e matar moscas, são capazes de jogar bombas em passeatas gays, de empregar parentes que são pagos com dinheiro público, de esfaquear maridos e de espancar meninas até provocar traumatismo craniano? Pois é, Bruce: tem gente que mata gente. Ou gente e mosca dá no mesmo?

Sempre respeitei os vegetarianos e respeito quem preserva a vida dos animais. Mas enquanto não for crime comer carne e matar insetos, que os Bruces deixem de ser radicais e também tolerem as escolhas que, nós, os trogloditas, ainda temos o direto de fazer – pelo visto, não por muito tempo.

24 de junho de 2009

O RESGATE DA NORMALIDADE

A foto dá a entender que Obama está olhando o bumbum da menina de dezessete anos que posou com os integrantes do G-8 na Itália, mas um vídeo da cena mostra que na verdade ele estava se virando para ajudar uma outra moça a descer as escadas, ou seja, um cavalheiro, e não um malandro. Mas lamentei o tira-teima. Queria que Obama estivesse, sim, olhando pro derrière da moça. Por quê? Porque seria mais um capítulo da minissérie *Obama, o resgate da normalidade.*

Obama é presidente dos Estados Unidos, cargo que automaticamente o coloca num pedestal, mas ele não faz o tipo que se empina. E o fato de ser o primeiro presidente negro do país lhe confere um status de pioneiro, mas ele tampouco fatura em cima desse pioneirismo. Age como qualquer preto comum ou qualquer branco comum: sendo comum. E é isso que o torna moderno.

Obama tem uma mulher que poderia ser a vizinha da porta ao lado e tem filhas que sempre sonharam em ter um cachorrinho, em vez de, sei lá, um tigre branco siberiano. Obama mata moscas, senta em escadas, tem dificuldade em parar de fumar e olha para traseiros femininos, e se não olhou naquele dia, olhará certamente em outros, discretamente, sem nenhum desprestígio à senhora sua esposa. Homens comuns fazem isso.

Pressinto no ar uma valorização da trivialidade descomprometida, aquela que existia antes da praga do politicamente correto, antes da avalanche de revistas de fofocas e antes dessa era em que tudo parece um grande teatro. Não me excomungue, mas vou ser mais uma a seguir falando do Michael Jackson. Domingo passado eu esperei o *Fantástico* terminar só para ver as cenas dos vídeos caseiros onde o cantor aparecia caindo na piscina de roupa e tudo, fazendo guerrinha de bexiga d'água com os amigos, abrindo presentes de Natal e planejando comer um frango com farofa (a farofa é invenção minha, para tornar a cena ainda mais prosaica), ou seja, vivendo sua infância retardatária, mas, ainda assim, vivendo, e não representando. Sujava-se, molhava o cabelo e gritava "eu vou te matar!" às gargalhadas em meio a brincadeiras. Num tempo em que celebridades saem direto do palco para o museu de cera, eram imagens desfocadas de alguém normal se divertindo. Extra, extra!

A revista *Quem* possui uma seção que se chama algo como "Eles são como nós", onde mostra fotos de famosos comprando aspirina na farmácia, fazendo sinal para um táxi num dia de chuva ou limpando a lente dos óculos na barra da camiseta, como se os desmascarasse: veja, eles não passam o dia todo dentro de um ofurô! Legal. Prefiro esse tipo de notícia, a que mostra alguém trocando o champanhe pela água do bebedouro, sendo flagrado abocanhando um hambúrguer triplo com a maionese escorrendo entre os dedos, usando a balança do supermercado para se pesar, catando moedinha na hora de pagar o pedágio e comendo frango com farofa. Aquela farofa que sempre faz falta quando o mundo fica besta demais.

15 de julho de 2009

EU NÃO PRECISO DE ALMOFADA

Quando participo de bate-papos públicos, geralmente em escolas, costumo ser perguntada sobre de onde vêm os assuntos para escrever uma crônica, e aqui está um bom exemplo do quão inusitado pode ser o caminho da inspiração: conversando outro dia sobre decoração de ambientes, um defensor da linha franciscana de morar me disse a frase que acabei de utilizar no título acima: "Eu não preciso de almofada".

Ao escutá-lo, olhei para os lados, disfarçadamente. Estávamos cercados por mais ou menos 25 almofadas de todas as cores, tamanhos e origens. Na minha sala e escritório tenho quatro sofás (e mais dois na sacada) e todos eles são cobertos por almofadas indianas, nordestinas, uruguaias: minha casa é o albergue internacional das almofadas. É só colocar o pé para fora da cidade e feito: na bagagem, vem mais uma capa de almofada que trago de Búzios, de Buenos Aires, de Gramado, de Fortaleza. É o que dispara meu lado consumista. Mas, claro, eu também não preciso de almofada.

Tampouco preciso de flores, mesmo que na minha casa nunca deixarão de ser encontrados ao menos três vasos com astromélias de cores variadas: amarelas, laranjas, fúcsias. E, no mínimo, duas orquídeas. Também gerânios que parecem pequenas margaridas.

Alguns fícus, bromélias. E, quando o saldo da conta permite, lírios brancos. Mas eu preciso de flores? Era só o que faltava.

Também não preciso de tapetes. O fato de minha casa parecer uma loja turca é só para evitar desconforto aos que andam descalços. Não preciso de cortinas também, mas um dia encasquetei que a casa pareceria mais aquecida e acolhedora com elas, e aí gastei dinheiro bobamente com uns tecidos de linho cru e palha da índia. Frescura.

Também não preciso de música. Nem tenho lugar para guardar tanto CD. Coisa mais antiga, CD. Também não preciso de porta-retrato, sei de memória o rosto das minhas filhas, mesmo o de quando elas eram crianças. Não preciso de castiçais, já que tenho energia elétrica. Não preciso de estantes abarrotadas de livros, coisa mais inútil, e eles ainda acumulam pó. Não preciso de quadro: ninguém presta atenção mesmo e furar paredes é um troço que às vezes dá errado. Não preciso de esculturas. Não preciso de abajur. Não preciso de espelhos. Não preciso de guardanapos de pano. Não preciso de toalhas estampadas. Não preciso de caixinhas compradas em feiras e briques. Não preciso de lembranças de viagem. Não preciso de lembranças. Não preciso de viagens.

E poderia prosseguir dizendo que não preciso de cor, não preciso de beleza, não preciso de sonho, não preciso de arte, não preciso de criatividade, não preciso de diversão, não preciso de prazer, não preciso de senso estético, não preciso de humor e também não preciso traduzir minha alma e minha história de vida em tudo o que me cerca. Mas isso equivaleria a dizer que eu não preciso de mim.

É isso, garotada. Até mesmo uma simples almofada pode gerar uma reflexão.

26 de julho de 2009

A MELHOR COISA QUE NÃO ME ACONTECEU

Antes do ator Daniel Craig ser confirmado como o primeiro James Bond loiro do cinema, em 2006, havia uma onda de boatos que prenunciava Clive Owen no papel. Lendo uma entrevista com Owen, ele disse que essa foi a melhor coisa que nunca lhe aconteceu, pois quanto mais ele negava a informação, mais se falava sobre ele. É uma maneira de se divertir com o destino, mas a frase que ele usou é tão boa que deixemos o bonitão pra lá e vamos adiante: qual foi a melhor coisa que nunca lhe aconteceu?

Comigo, acho que foi aos quatorze anos de idade. Eu iria para a Disney com a família e alguns primos. Estava ansiosa pela viagem, quase não dormia à noite. Seria minha primeira vez no exterior, um acontecimento. No entanto, uns dez dias antes de embarcar, o governo estabeleceu um tal imposto compulsório que tornou a viagem proibitiva. Fim de sonho: não haveria grana para bancar a aventura. Os passaportes novinhos em folha foram para o fundo da gaveta e eu passei mais algumas noites sem dormir, só que dessa vez de tristeza.

Era julho e minhas férias escolares se resumiriam a ficar em casa. Porém, haveria uma excursão do colégio para a Bahia, e muitas de minhas colegas de aula iriam. Pensei: nada mal como prêmio de consolação, trocar o Mickey pelo Pelourinho. O preço era uma merreca se comparada a uma viagem aos States. De ônibus até Salvador, imperdível! Virei, mexi, implorei, consegui a última vaga e fui. Resultado: voltei com meia dúzia de amizades tão fortalecidas que, até hoje, somos como irmãs. Tenho certeza de que se eu não houvesse viajado com elas, eu jamais teria entrado para o grupo que pertenço com orgulho até hoje. A Disney foi a melhor coisa que nunca me aconteceu.

Fico imaginando as histórias que podem não ter acontecido com você. Namorar uma pessoa por oito anos e romper dias antes de subir ao altar: não ter casado pode ter sido a melhor coisa que nunca lhe aconteceu, vá saber o que o destino lhe ofereceu em troca. Ou você não ter passado num concurso. Nunca ter recebido a ligação que tanto esperava. Nunca ter recuperado um objeto perdido que o deixava preso a lembranças paralisantes. Ter ficado com fama de ter sido o grande amor de uma modelo espetacular: na verdade, ela nunca olhou pra você, mas um mal-entendido fez com que muitos acreditassem na lenda e até hoje você recebe os dividendos: foi a melhor coisa que nunca lhe aconteceu.

É uma visão generosa da vida: imaginar que os não acontecimentos fizeram diferença, que você está onde está não só por causa das escolhas que fez, mas também pelas especulações que nunca se confirmaram. Ao manter esse caráter desestressado, eliminamos a palavra derrota do nosso vocabulário e a alma fica mais aliviada, o que não é pouca coisa nesse mundo em que tanta gente parece pesar toneladas devido ao mau humor e ao pessimismo. Cá entre nós, viajar de Porto Alegre até Salvador de ônibus para passar três dias e voltar, e achar isso uma beleza, é a prova de que ter o espírito aberto funciona.

2 de agosto de 2009

POESIA NUMA HORA DESSA?

Peguei emprestada a expressão que o Verissimo usa para apresentar seus poemas. É que eu quero falar justamente sobre poesia, um assunto que me parece emergencial, apesar de que tudo leva a crer que não é o momento. Gente morrendo por causa da gripe H1N1, o Sarney insistindo no "daqui não saio, daqui ninguém me tira", e ainda por cima o Fernandão indo jogar no Goiás, francamente: poesia numa hora dessa?

Me explico. Estive no Rio no último final de semana para, entre outros compromissos, participar de um recital poético organizado pela escritora e atriz Elisa Lucinda em sua Casa Poema. A Casa Poema nada mais é do que uma utopia levada a cabo. Elisa sustenta uma casa antiga em Botafogo onde ela ensina pessoas a ler poesia, dizer poesia (o verbo "declamar" é proibido) e gostar de poesia. Promove bate-papos com escritores, faz audições públicas da obra de inúmeros autores brasileiros, abre espaço para pequenas apresentações e para sessões de autógrafos, tudo de forma muito afetiva e sem luxo. Só pelos serviços prestados, a Casa Poema deveria ser tombada pelo patrimônio histórico. E Elisa deveria ser tombada junto, porque o que ela faz é suprir uma carência dos nossos currículos escolares: ela educa para a sensibilidade e os sentidos.

Elisa me deu de presente o livro que transcreve o encontro que ela teve na mesma Casa Poema com o escritor Rubem Alves. Bom programa para essas férias estendidas: corra e adquira o seu, foi lançado pela editora 7 Mares. Nesse livro, Elisa e Rubem discutem sobre o desserviço que é obrigar uma criança a ler um livro que não gosta, sobre o poder que a arte tem de transfigurar maus destinos, sobre o quanto a poesia pode ensinar tudo (geografia, história, matemática) e como não há jeito de se reter conhecimento se não houver emoção. E eles vão mais longe: acusam alguns professores que empurram livros goela abaixo de seus alunos sem eles mesmos estarem "tomados" pela beleza e importância do que estão recomendando, e aí, lógico, não conseguem ensinar o prazer da leitura. Aliás, é bom lembrar que esse encantamento deve começar em casa. Não é à toa que as crianças que ouviram seus pais contando histórias são as que, quando adultas, mais se sentem atraídas pelo universo mágico da literatura.

Escutar um poema. Falar um poema em voz alta. Perceber seu ritmo, sua música, sua comunicabilidade. Elisa Lucinda tem o talento de transformar qualquer verso em algo fácil e acessível. Ela prova por a + b que poesia não precisa ser um troço chato. Quando uma amiga lhe telefona contando sobre uma dor íntima, Elisa saca na hora um poema para ajudá-la a entender melhor o que está sentindo. Elisa é uma outra espécie de doutora: prescreve poesia. Um Tamiflu emocional que ela distribui generosamente.

Mas poesia logo agora que a bruxa está solta no espaço aéreo, que há censura aos veículos de comunicação na Venezuela e, em alguns casos, até aqui também, e que os políticos estão perdendo as estribeiras e lavando roupa suja em plenário?

Pois é, me pareceu um momento oportuno.

5 de agosto de 2009

A TURMA DO DÃÃÃ

Tenho observado esse pessoal faz um tempo. Eles me provocam reações diversas: sinto repulsa, sinto medo, sinto desânimo, mas acho que a sensação que prevalece é mesmo a compaixão. Porque eles são tão recalcados que não conseguem se manifestar no mundo de outra forma. A única coisa que possuem para exibir é isso: seu espírito de porco.

Não é um defeito novo, mas ganhou um espaço de divulgação inimaginável na internet. Se antes eles exerciam seu espírito de porco em pequenos grupos, em comentários ferinos para meia dúzia de ouvidos, agora eles abusam da sua tolice em rede internacional para um público tão amplo que os deixa embriagados com o alcance atingido. Eles são os neorretardados, os pusilânimes de grande escala.

Se você é uma pessoa de discernimento, que seleciona a informação que obtém, talvez ainda não tenha se deparado com eles. Sorte sua. Mas se tiver curiosidade de saber como a coisa funciona, entre em qualquer site de notícias de um provedor, como a página do Terra, por exemplo, e dê uma olhada nos comentários deixados. É de perder a esperança num mundo mais elegante.

Pra exemplificar: nas últimas semanas o site colocou no ar duas notícias de segunda linha, que não chegaram a repercutir mais do que poucas horas. Uma delas era sobre uma garota de dezoito anos que se jogou da Torre Eiffel, em Paris. Chegaram a dizer que seria uma brasileira, mas era uma africana. Em poucos minutos, essa notícia gerou 1.581 comentários de gente lesada das ideias, cujo único prazer é fazer piadinha sobre a dor alheia, sem conseguir articular um raciocínio lógico. Pessoas que têm na agressividade sua única forma de expressão. Foram 1.581 comentários que deixam claro a quantidade de infelizes espalhados por todos os cantos. Porque o espírito de porco nada mais é do que uma exposição despudorada de infelicidade. Como o cara não se suporta, detona com tudo o que vê pela frente.

No mesmo dia desse suicídio, foi noticiada também a estreia da primeira gondoleira de Veneza. Depois de séculos de hegemonia masculina, agora há uma mulher conduzindo turistas nas gôndolas da mais deslumbrante cidade italiana. Fato que não mobiliza o mundo como a morte de Michael Jackson, mas é uma informação curiosa e simpática, que poderia gerar saudações a mais este espaço conquistado pelas mulheres, ou ser simplesmente ignorada, o que também é legítimo. Mas não. Os espíritos de porco, sem ter nada mais produtivo pra fazer, deixaram registradas suas manifestações de preconceito, numa exibição constrangedora de estreiteza mental. Porque o espírito de porco não é apenas uma pessoa com o humor mal-lapidado. Ele é um ignorante com empáfia.

Se fossem poucos, nada a temer. Mas a tacanhice é uma epidemia bem mais assustadora do que qualquer gripe. Porque não é temporária e tampouco tem cura. É o retrato do isolamento e da deseducação de uma geração que, ao ter um teclado à disposição e o anonimato garantido, expõe toda sua miséria intelectual e afetiva. É a turma do "dãããã" ganhando voz e propagando a mediocridade universal.

5 de agosto de 2009

O DEUS DAS PEQUENAS COISAS

"Me sinto uma fracassada."

Não é uma frase fácil de se ouvir de alguém. Soa até mesmo incompreensível quando se trata de uma mulher linda, rica, que mora num sobrado deslumbrante, passa uma parte do ano no Brasil e a outra em Nova York, é casada com um homem igualmente lindo e apaixonado por ela, tem dois filhos que são uns doces, é uma profissional bem-sucedida e já deu a volta ao mundo uma meia dúzia de vezes. O que é que falta? "Um projeto de vida", responde ela.

Existe uma insaciedade preocupante nessa mulher e em diversas outras mulheres e homens que conquistaram o que tanto se deseja, e que ainda assim não conseguem preencher o seu vazio. Um projeto de vida, o que vem a ser? No caso de quem tem tudo, pode ser escrever um livro, adotar uma criança, engajar-se numa causa social, abrir um negócio próprio, enfim, algo grandioso quando já se tem tudo de grande: amor, saúde, dinheiro e realização profissional. Mas creio que esse projeto de vida que falta a tantas pessoas consiste justamente no que é considerado pequeno e, por ser pequeno, novo para quem não está acostumado a se deslumbrar com o que se convencionou chamar de "menor".

Onde é que se encontra o sublime? Perto. Ao regar as plantas do jardim. Ao escolher os objetos da casa conforme a lembrança de um momento especial que cada um deles traz consigo. Lendo um livro. Dando uma caminhada junto ao mar, numa praça, num campo aberto, onde houver natureza. Selecionando uma foto para colocar no porta-retrato. Escolhendo um vestido para sair e almoçar com uma amiga. Acendendo uma vela ou um incenso. Saboreando um beijo. Encantando-se com o que é belo. Reverenciando o sol da manhã depois de uma noite de chuva. Aceitando que a valorização do banal é a única atitude que nos salva da frustração. Quando já não sentimos prazer com certas trivialidades, quando passamos a ter gente demais fazendo as tarefas cotidianas por nós, quando trocamos o "ser feliz" pelo "parecer feliz", nossas necessidades tornam-se absurdas e nada que viermos a conquistar vai ser suficiente, pois teremos perdido a noção do que a palavra suficiente significa.

Sei que tudo isso parece fácil e que não é. Algumas pessoas não conseguem desenvolver essa satisfação interna que faz com que nos sintamos vitoriosos simplesmente por estarmos em paz com a vida, mesmo possuindo problemas, mesmo tendo questões sérias a resolver no dia a dia. É inevitável que se pense que a saída está na religião, mas dedicar-se a uma doutrina, seja qual for, pode ser apenas fuga e desenvolver a alienação. Mais do que rezar para um Deus profético e soberano, acredito que o que nos sustenta passa sim por uma espiritualidade, porém menos dogmática. É o cultivo de um espírito de gratidão, sem penitências, culpas e outras tranqueiras. Gratidão por estarmos aqui e por termos uma alma capaz de detectar o sublime no essencial, fazendo com que todo o supérfluo, que não é errado desejar e obter, torne-se apenas uma consequência agradável desse nosso olhar íntimo e amoroso a tudo o que nos cerca.

27 de setembro de 2009

AMIGO DE SI MESMO

Em seu recém-lançado livro *Quem pensas tu que eu sou?*, o psicanalista Abrão Slavutzky reflete sobre a necessidade de conquistar o reconhecimento alheio para que possamos desenvolver nossa autoestima. Mas como sermos percebidos generosamente pelo olhar dos outros? Os ensaios que compõem o livro percorrem vários caminhos para encontrar essa resposta, em capítulos com títulos instigantes como "Se o cigarro de García Márquez falasse", "Somos todos estranhos" ou "A crueldade é humana". Mas já no prólogo o autor oferece a primeira pílula de sabedoria. Ele reproduz uma questão levantada e respondida pelo filósofo Sêneca: "Perguntas-me qual foi meu maior progresso? Comecei a ser amigo de mim mesmo".

Como sempre, nosso bem-estar emocional é alcançado com soluções simples, mas poucos levam isso em conta, já que a simplicidade nunca teve muito cartaz entre os que apreciam uma complicaçãozinha. Acreditando que a vida é mais rica no conflito, acabam dispensando esse pó de pirlimpimpim.

Para ser amigo de si mesmo é preciso estar atento a algumas condições do espírito. A primeira aliada da camaradagem é a humildade. Jamais seremos amigos de nós mesmos se continuarmos a interpretar o papel de Hércules ou de qualquer super-herói invencível.

Encare-se no espelho e pergunte: quem eu penso que sou? E chore, porque você é fraco, erra, se engana, explode, faz bobagem. E aí enxugue as lágrimas e perdoe-se, que é o que bons amigos fazem: perdoam.

Ser amigo de si mesmo passa também pelo bom humor. Como ainda pode haver quem não entenda que sem humor não existe chance de sobrevivência? Já martelei muito nesse assunto, então vou usar as palavras de Abrão Slavutzky: "Para atingir a verdade, é preciso superar a seriedade da certeza". É uma frase genial. O bem-humorado respeita as certezas, mas as transcende. Só assim o sujeito passa a se divertir com o imponderável da vida e a tolerar suas dificuldades.

Amigar-se consigo também passa pelo que muitos chamam de egoísmo, mas será? Se você faz algo de bom para si próprio estará automaticamente fazendo mal para os outros? Ora. Faça o bem para si e acredite: ninguém vai se chatear com isso. Negue-se a participar de coisas em que não acredita ou que simplesmente o aborrecem. Presenteie-se com boa música, bons livros e boas conversas. Não troque sua paz por encenação. Não faça nada que o desagrade só para agradar aos outros. Mas seja gentil e educado, isso reforça laços, está incluído no projeto "ser amigo de si mesmo".

Por fim, pare de pensar. É o melhor conselho que um amigo pode dar a outro: pare de fazer fantasias, sentir-se perseguido, neurotizar relações, comprar briga por besteira, maximizar pequenas chatices, estender discussões, buscar no passado as justificativas para ser do jeito que é, fazendo a linha "sou rebelde porque o mundo quis assim". Sem essa. O mundo nem estava prestando atenção em você, acorde. Salve-se dos seus traumas de infância.

Quem não consegue sozinho deve acudir-se com um terapeuta. Só não pode esquecer: sem amizade por si próprio, nunca haverá progresso possível, como bem escreveu Sêneca cerca de dois mil anos atrás. Permanecerá enredado em suas próprias angústias e sendo nada menos que seu pior inimigo.

4 de outubro de 2009

O DIREITO AO SUMIÇO, PARTE 2

Em janeiro de 2008 publiquei uma crônica chamada "O Direito ao Sumiço", onde eu falava sobre pessoas que viajam, mas são incentivadas a mandar notícias a todo instante, seja por e-mail, MSN, Skype ou o que for. Uma ansiedade que não havia antes: quando alguém embarcava para longe, no máximo enviava uma carta, um cartão-postal, telefonava de vez em quando, mas ainda conseguia se sentir livre e sozinho, distante de todos e mais próximo de si mesmo. Hoje, com toda a parafernália tecnológica à disposição, você não consegue desaparecer: é facilmente acessado, esteja no continente que estiver. Vantagem para quem ficou e sente saudades, mas o viajante que não se desconecta perde uma rara oportunidade de levar a cabo a frase que tantas vezes é dita quando estamos sobrecarregados: "Que vontade de dar uma sumida".

Isso me veio à mente quando li as notícias sobre o estranho caso da France Telecom. No espaço de um ano e meio, 24 funcionários da empresa se suicidaram, sem contar os 13 que tentaram se matar e não obtiveram sucesso – acho que sucesso não é a palavra mais adequada pra situação, mas enfim. Eu não conheço os pormenores do assunto, mas me chamou a atenção o fato de a morte desses funcionários estar vinculada às condições de trabalho: todos sentiam-se demasiadamente pressionados. Até aí, não vejo justificativa pra dar fim à vida, a pressão faz parte do meio corporativo em qualquer lugar do planeta, mas há um ponto que merece ponderação: a avalanche de mensagens que lotavam seus computadores e blackberrys foi relacionada ao profundo estresse que os acometia. Faz sentido. Algumas pessoas não conseguem mais distinguir o que é vida pessoal e o que é vida profissional. Estão permanentemente conectadas com os outros, a ponto de perder a conexão consigo próprias.

O blackberry e o iPhone, por exemplo, são infernais: sei de gente que acorda de madrugada para checar e-mails, numa atitude totalmente compulsiva e insana. As pessoas se sentem agoniadas quando ficam fora de alcance. É como se o isolamento, o silêncio e a privacidade expatriassem a criatura, a impedissem de estar em meio aos acontecimentos. É uma inversão total de percepção: só nos sentimos vivos quando acionados pelos que estão de fora. Parece até que dentro de nós não acontece nada, não há nenhuma novidade a descobrir.

Óbvio que deve haver outros motivos para a onda de suicídios dos funcionários da France Telecom, mas esse vício de ficar conectado 24 horas, seja por mania ou por exigência profissional, merece uma reflexão. Não podemos perder nosso direito ao sumiço, de dar aquela escapada saudável, que pode acontecer tanto numa viagem como aqui, no dia a dia, bastando pra isso não acessar a internet, desligar o celular e curtir a tão necessária companhia de si mesmo. Do contrário, vão pipocar mais casos de gente que surta e acaba saltando da ponte como única alternativa de dar uma sumida.

7 de outubro de 2009

SUA MAJESTADE, A CRIANÇA

Tem se falado muito na falta de limites das crianças de hoje. A garotada manda e desmanda nos pais e estes, sentindo-se culpados pelo pouco tempo que ficam em casa, aceitam a troca de hierarquia – hoje os adultos é que recebem ordens e reprimendas, e não demora serão colocados de castigo.

Segundo os pedagogos, precisamos voltar a dizer não para a pirralhada. É a ausência do não que faz com que meninas saiam de madrugada sem avisar para onde estão indo, garotos peguem o carro do pai sem ter habilitação e todos sejam estimulados a consumir descontroladamente, a não dar explicações e a viver sem custódia. Mas onde encontrar energia para discutir com filho? Pai e mãe se jogam no sofá e pensam: “Façam o que bem entender, desde que nos deixem quietos vendo a novela”.

Alguns adultos defendem-se dizendo que é impossível dar limites, vigiar e orientar, tendo que sair de manhã para o batente e voltar à noite demolidos pelo cansaço. Compreendo, é complicado mesmo. Se existe uma liberalidade e uma agressividade maiores hoje entre as crianças, é claro que o fato de as mulheres terem entrado no mercado de trabalho e deixado em aberto o posto de rainhas do lar tem algo a ver com isso. Mas nem me passa pela cabeça estimular um meia-volta, volver. A sociedade avançou com a participação das mulheres e esse é um caminho sem retorno. O que compromete o destino de uma criança é não ter sido amada. E muitas não foram, mesmo com os pais por perto.

A falta de amor é a origem de grande parte das neuroses, psicoses e desvios de conduta. Uma criança que não se sentiu amada pode cometer erros de avaliação sobre si própria e cometer desvarios para conquistar uma autoestima que parece sempre fora de alcance. Não adianta o pai e a mãe passarem a mão na cabeça do filhote de vez em quando e repetir um "eu te amo" automático. A criança precisa se sentir amada de verdade, e as demonstrações não se dão apenas com beijos e abraços, e tampouco com proibições sem justa causa. O "não deixo, não pode" tem que ser argumentado. "Não deixo e não pode porque..." Tem que gastar o latim. Explicar. E prestar atenção no filho, controlar seus hábitos, perceber seus silêncios, demonstrar interesse pelo que ele faz, pelo que ele pensa, quem são seus amigos, quais suas aptidões, do que ele se ressente, o que está calando, por que está chorando, se sua rebeldia é uma maneira de pedir socorro, se está precisando conversar, se o que tem sentido é demasiado pesado pra ele, se precisa repartir suas dores, se está sendo bem acolhido pela escola, se não estão exigindo dele mais do que ele pode dar, se não foram transferidas responsabilidades para ele que são incompatíveis com sua idade, se há como entender e aceitar seus desejos, se ele está arriscando a própria vida e precisa de freio, se estamos deixando ele sonhar alto demais, se estamos induzindo que ele sonhe de menos, se ele está recebendo os estímulos certos ou desenvolvendo preconceitos generalizados. Dá uma trabalheira, mas isso é amar.

Algumas crianças são criadas por empregadas, ou seja, são terceirizadas e depois o psiquiatra que junte os cacos. Com amor, ao contrário, toda criança sente-se ilustríssima, majestade, vossa excelência, sem fazer mau uso do cargo. Será confiante e segura como um rei e não se violentará para agradar os outros (usando drogas ou imitando o resto do grupo). Será o que é, afinada com o próprio eixo. E se transformará num adulto bem resolvido, porque a lembrança da infância terá deixado nela a dimensão da importância que ela tem.

11 de outubro de 2009

OS ESTRANHOS DO BEM

Pouco lembro do apartamento onde passei minha infância, mas não esqueci nada da rua onde morava, das casas vizinhas, do quarteirão inteiro onde eu brincava desde o início da tarde até o início da noite e, por vezes, inclusive à noite. Naquela época não havia medo de assaltos, de atropelamentos, de sequestros relâmpagos: a gente pegava a bicicleta e saía com a maior liberdade, sem pânico nem neuras, o oposto do que acontece hoje, quando as crianças só podem brincar dentro do prédio, em prisão domiciliar. Porém, mesmo com liberdade, havia um perigo rondando. Você deve lembrar o que nossos pais buzinavam em nossos ouvidos a cada vez que abríamos a porta de casa para sair: "Não dê conversa a estranhos". Mais uma vez, é o oposto do que acontece hoje. Trancafiados em casa, com as bicicletas enferrujando na garagem, não se faz outra coisa a não ser dar conversa a estranhos.

Quando menina, eu me perguntava: o que será que eles (os adultos) querem dizer com "estranho"? Estranho, pra mim, era um cara que usasse óculos escuros à noite, tivesse uma bruta cicatriz ao lado da orelha e uma faca ensanguentada entre os dentes. Mas estranho, pra eles, ia além: era qualquer um que a gente não conhecesse. Podia ser o pároco do bairro: um estranho, corra!

Assim que tive idade para diferenciar conhecidos e estranhos, acolhi ambos. De um lado, me apegava às amigas do colégio, todas falando igual, vestindo igual, pensando igual e usando o mesmo cabelo: nada como reforçar nossa identidade. De outro, queria saber como era viver em outro país, ter experiências diferentes das minhas, outros costumes. Os livros e o cinema alimentavam essa minha curiosidade, mas não bastava. Então me inscrevi num programa de intercâmbio de correspondências e acabei fazendo amizade com a Julie, que morava no interior da Inglaterra, com o Carlos, que morava no México, e com a Michelle, que morava na Nova Zelândia. Trocávamos fotos, falávamos da nossa vida pessoal, contávamos segredos que atravessavam oceanos, tudo em cartas escritas ora em inglês, ora em espanhol, e quando ninguém se entendia, desenhava-se. O que foi feito deles? Não faço a mínima ideia. Mas foram esses estranhos que ampliaram um pouco os meus horizontes e deram sabor de aventura à minha adolescência.

Aí a gente cresce e inventam um troço chamado computador. E os pais somos nós! Conscientes das nossas responsabilidades, batemos à porta do quarto das crianças e damos sequência à tradição, alertando-os: "Não dê conversa a estranhos".

Quá, quá, quá.

Afora as orientações inevitáveis contra pedófilos e mal-intencionados em geral, é preciso relaxar: ninguém com mais de dez anos evita estranhos, ao contrário, eles são buscados freneticamente no MSN, no Facebook, no Twitter, no Orkut, onde todos se expõem, transformando o mundo num gigantesco albergue coletivo. Uma versão ligeiramente mais abrangente e instantânea do que aquele meu programa de correspondência internacional.

Jamais pedi atestado de bons antecedentes para quem não conheço. Estranho é mau? Estranho é pior do que a gente? Se devemos ter vigilância com nossos filhos – e devemos mesmo –, é preciso também controlar a paranoia e não surtar por eles trocarem ideias com quem nunca viram antes, e provavelmente jamais verão. Dar conversa a estranhos não significa dar o endereço, o telefone e a senha do banco. Pode ser apenas um bate-papo divertido. E só pra lembrar: estranhos, somos todos.

18 de outubro de 2009

QUANDO OS CHATOS SOMOS NÓS

Você conhece um chato. Ou dois. Ou meia dúzia. E até gosta deles, viraram figuras folclóricas na sua vida. Talvez seja um cunhado, um amigo de um amigo, um colega de trabalho. Os chatos são bem-intencionados, não se pode negar. E é justamente essa boa intenção fora da medida que faz deles uns chatos. O chato nada mais é que um exagerado. Ele é prestativo demais, ele é piadista demais, ele leva muito tempo para contar algo que lhe aconteceu, ele fica hooooras no telefone, ele se leva a sério além do razoável, ele ocupa o tempo dos outros com histórias que não são interessantes. O chato é, basicamente, um cara (ou uma mulher) sem timing.

Estava pensando nisso quando escutei alguém citando uma das coisas mais chatas que existe. Tive que concordar: colocar um filho pequeno no telefone pra falar com a dinda, com a vovó, com o titio, é muito chato. A gente ama aquela criança – talvez seja até o nosso filho! – mas ao telefone, esquece. Tentamos entabular um diálogo minimamente inteligível e nada rola. Ou ele não fala nada que se compreenda, ou não abre o bico, e só nos resta ficar idiotizados do outro lado da linha.

Todo mundo sabe que isso é chato. Mas todo mundo que já teve um filho cometeu essa mesma chatice com os outros. Por quê? Porque pai e mãe de primeira viagem são chatos por natureza. Ninguém escapa. Se não for chato, será considerado um sem-coração. Todos irão apontar: olha lá, aquele ali esconde o filho. Põe ele no telefone!

Outra chatice é mostrar 3.487 fotos do bebê. Dá nos nervos quando o filho não é nosso. Todos os bebês são iguais, menos para seus pais. Seja bem sincero: dá pra aguentar ver foto de bebê pelo celular? Basta perguntar educadamente pra alguém: e seu filhinho, vai bem? Pronto. Num segundo o celular ou iPhone será sacado e apontado direto para seus olhos: veja você mesmo.

A gente sabe que é chato, mas toleramos com sorrisos parcialmente sinceros porque faremos a mesma coisa quando chegar a nossa vez – ou já fizemos um dia. Se você passou dessa fase, segure a onda e compreenda os que ainda não passaram. Nada de reclamar. Aqui se faz, aqui se paga.

Outras chatices? Quando alguém pergunta: lembra de mim? Se está perguntando, é porque a chance é remota. Mas já não fizemos isso diante de alguém que gostaríamos muuuuito que lembrasse? E esticar as letras das palavras quando se está escrevendo? E quando a gente começa uma frase com "adivinha". Adivinha pra onde eu vou nas próximas férias. Adivinha quem me convidou pra jantar. Adivinha com quem eu sonhei hoje.

Falando em sonho, tem coisa mais chata do que ouvir o sonho dos outros? Mas você já contou os seus. Váááárias vezes.

Agora adivinha qual o próximo exemplo que vou dar (kkkkk). Precisamos mesmo colocar risadas entre parênteses para que os outros entendam nossas piadinhas cretinas?

Alguns menos, outros mais, chatos somos todos.

25 de outubro de 2009

CONFIE EM DEUS, MAS TRANQUE O CARRO

Mike Tyson segue na mídia: andou sendo entrevistado pela Oprah e fazendo um mea-culpa por uma vida inteira de desvios de comportamento. Isso me fez lembrar de quando ele foi acusado de estupro pela ex-miss Desiree Washington, em 1991. A moça havia entrado no quarto com ele, de madrugada e, ao que consta, desistiu de levar adiante a brincadeira. Qualquer pessoa tem o direito de desistir do ato sexual na hora H e o parceiro tem o dever de respeitar a decisão, por mais fulo da vida que fique, mas deixar Mike Tyson fulo não é algo que uma pessoa de juízo arrisque. Na época, a escritora Camille Paglia disse que Tyson errou, logicamente, mas que a moça era uma idiota. E justificou sua opinião dando o seguinte exemplo: se você estaciona seu carro numa rua escura e deixa a chave na ignição, não significa que ele possa ser roubado. Mas, se for, você foi um panaca.

Essa história sempre me volta à cabeça quando começo a ouvir algum "ai de mim", que é o mantra das vítimas. Fico prestando atenção na história e, quase sempre, descubro que o mártir deixou a chave na ignição. São os casos de garotas que se deixam filmar nuas pelo namorado e depois descobrem que viraram as musas do YouTube, ou de garotos que dirigem alcoolizados a 140km/h e acordam no outro dia no hospital (quando acordam). Eles devem se perguntar, dramáticos: onde está Deus nessa hora que não me ajuda? Está ajudando a encontrar sobreviventes de um tsunami ou consolando quem tem um câncer em metástase, porque esses sim são vítimas genuínas: mesmo deixando seus carros bem trancados, foram surpreendidos pelo destino.

"Não há prêmio ou punição na vida, apenas consequências." Não sei quem escreveu isso, mas está coberto de razão. Sorte e azar são responsáveis por uns 10% do nosso céu ou inferno, os 90% restantes são efeitos das nossas atitudes. Vale para o trabalho, para o amor, para o convívio em família, para o dinheiro, para a saúde da mente e também do corpo. Reconheço que os governos não ajudam, que certas leis atrapalham, que a burocracia atravanca, que o cotidiano é cruel, e até as disfunções climáticas conspiram contra. Ainda assim, avançamos (prêmio) ou retrocedemos (punição) por mérito ou bananice nossas.

Então, tranque o carro numa rua escura e também dentro da sua garagem, não entre no quarto de um neanderthal se você não estiver bem certa do que deseja, não deixe uma vela acesa perto de uma cortina, pense duas vezes antes de mandar seu chefe para um lugar que você não gostaria de ir, não tenha em casa Doritos, Coca-Cola e Ouro Branco se estiver planejando perder uns quilos e lembre-se do que sua bisavó dizia: regue as plantas, regue suas relações, regue seu futuro, porque sem cuidar, nada floresce.

E, por via das dúvidas, confie em Deus, que mal não faz.

28 de outubro de 2009

A MORTE COMO CONSOLO

Assim como qualquer mortal, eu também esquento a cabeça com questões de difícil praticidade. Teorizar é moleza, mas como agir do mesmo modo que essas supermulheres que a gente vê nas revistas e jornais, sempre bem resolvidas? Você acha que eu sei? Sei nada.

Eu também me desgasto com assuntos mundanos, aqueles que nos atormentam dia e noite: sinto ciúmes, me constranjo ao negar convites, às vezes acho que sou severa demais com minhas filhas, às vezes severa de menos, não consigo ser tão solícita quanto gostaria, me sinto desatualizada em relação a tanta coisa, não sei direito a direção para a qual conduzir minha vida, enfim, coisinhas que nos roubam algumas horas preciosas de sono.

Como não faço terapia e não posso perder nem um minuto precioso de sono, já que normalmente durmo pouco, resolvi procurar um método pessoal para relativizar meus pequenos grilos cotidianos. E encontrei um que pode parecer macabro, mas está funcionando. Quando estou muito preocupada com alguma coisa, penso: eu vou morrer.

Óbvio que vou morrer, todo mundo sabe que vai morrer um dia, mas a gente evita pensar nesse assunto desagradável. No entanto, tenho pensado na morte não como uma tragédia, mas como um recurso para desencanar dos problemas, e então a morte se torna, ulalá, um paliativo: daqui a quarenta anos, mais ou menos, eu não vou estar mais aqui. O que são quarenta anos? Um flash. Todas as minhas preocupações desaparecerão. Nada do que eu sinto ou penso permanecerá, ao menos não para mim mesma – o que as pessoas lembrarem de mim será de responsabilidade delas. Eu vou evaporar. Sumir. Escafeder-me. Então pra que me preocupar com bobagem?

Diante da morte, tudo é bobagem. Recapitulando os exemplos dados no segundo parágrafo: ciúmes? Ouvi bem: ciúmes? De quem, pra quê, se todos irão pra baixo da terra e ninguém sobreviverá para cantar vitória? Aproveite os momentos que você tem hoje – hoje! – para desfrutar seus prazeres e não pense em perdas e ganhos, isso não existe, é pura ilusão.

Os filhos nos amam, mas fatalmente reclamarão de nós um dia, não importa o quão bacana fomos com eles. Ser 100% solícita é coisa para Madre Teresa. Atualização pode ser importante para o trabalho, mas nem sempre para nosso bem-estar. E, finalmente, seja qual for a direção que você der à sua vida, o que importa é que ela seja satisfatória hoje (repito a palavra mágica – hoje!) porque daqui a pouco você e suas preocupações virarão poeira. Até Ivete Sangalo vai virar poeira.

Importantíssimo (me descuidei, deveria ter colocado esse último parágrafo lá no início, mas já que vou morrer, dane-se): se você tem menos de quarenta anos, desconsidere todas as linhas dessa crônica. Leve seu nascimento a sério. Antes dos quarenta, ninguém vai morrer. Essa é a ordem natural do pensamento humano. Pague seus impostos, preocupe-se com a direção que sua vida está tomando, morra de ciúmes, dê-se o direito de todas as cenas passionais e irracionais que incrementam seu script: não se entregue ao fatalismo. Honre o primeiro ato dessa encenação chamada vida.

Porém, depois dos quarenta, apenas divirta-se e não perca tempo se preocupando com bobagens. Vai dar em nada.

1º de novembro de 2009

O ÚLTIMO A LEMBRAR DE NÓS

Recentemente li *Rimas da vida e da morte*, do excelente Amós Oz, que narra os delírios de um escritor que, ao participar de um sarau literário, começa a olhar para cada desconhecido na plateia e a criar silenciosamente uma história fictícia para cada um deles, numa inspirada viagem mental. Lá pelas tantas, em determinado capítulo, o autor comenta algo que sempre me fez pensar: diz ele que a gente vive até o dia em que morre a última pessoa que lembra de nós. Pode ser um filho, um neto, um bisneto ou um admirador, mas enquanto essa pessoa viver, mesmo a gente já tendo morrido, viveremos através da lembrança dele. Só quando essa pessoa morrer, a última que ainda lembra de nós, é que morreremos em definitivo, para sempre. Estaremos tão mortos como se nunca tivéssemos existido.

Pra minha sorte, tive poucas perdas realmente dolorosas. Perdi um querido amigo há mais de vinte anos, perdi uma avó que era como uma segunda mãe, perdi uma tia inesquecível. Lembro deles constantemente, sonho com eles, busco-os na minha memória, porque é a única homenagem possível: mantê-los vivos através do que recordo deles. Daqui a cem anos, ninguém mais se lembrará nem de um, nem de outro, eles não terão mais amigos, netos ou bisnetos vivos, eles estarão definitivamente mortos, e pensar nisso me dói como se eles fossem morrer de novo.

Aquele que compõe músicas, faz filmes, escreve livros, bate recordes ou é um Pelé, um Picasso, um Mozart, consegue uma imortalidade estendida, mas, ainda assim, será sempre lembrado por sua imagem pública, não mais a privada, não mais a lembrança da sua voz ao acordar, da risada, do bom humor ou do mau humor, não mais daquilo que lhe personificava na intimidade. Serão póstumos, mas não farão mais falta na vida daqueles com quem compartilharam almoços, madrugadas, discussões, já que essas testemunhas também não estarão mais aqui.

Alguém me disse: se você acreditasse em reencarnação, nada disso te ocuparia a mente. De fato, não acredito, e mesmo que eu esteja enganada, de que me serve a eternidade sem poder comprová-la? Se sou um besouro reencarnado ou se já fui uma princesa egípcia, que diferença faz? Minha consciência é que me guia, não minhas abstrações. Sou quem sou, sou aquela que pode ser lembrada. Não me conforta ser uma especulação.

É provável que ainda não tenha nascido aquele que será o último a me recordar, a rever minhas fotos, a falar bem ou mal de mim. Nem tive netos ainda. Qual será a data de minha morte definitiva? Não será a do meu último suspiro, e sim a do último suspiro daquele que ainda me carrega na sua lembrança afetiva – ou no seu ódio por mim, já que o ódio igualmente mantém nossa sobrevivência. Cafajestes e assassinos também se mantém vivos através daqueles que lhes temeram um dia.

Nessa véspera de Finados, queria fazer uma homenagem a ele: ao último ser humano a lembrar de nós, a ter saudade de nós, a recordar nosso jeito de caminhar, de resmungar, o último a guardar os casos que ouviu sobre nós e a reter nossa história particular. O último a pronunciar nosso nome, a nos fazer elogios ou a discordar de nossas ideias. O último a permitir que habitássemos sua recordação. Bendita seja essa criatura, que ainda nos manterá vivos para muito além da vida.

1º de novembro de 2009

NATAL É AMOR

Uma das coisas mais aflitivas para um colunista é escrever sobre o Natal. Por quê? Porque não há tanto assim a dizer sobre Natal, não é um assunto que estimule a imaginação, que permita desenvolver um novo enfoque a respeito, não é um acontecimento que surpreenda. Nada é menos surpreendente do que o Natal. É a repetição instituída, a paz louvada anualmente, a certeza de que o mundo pode explodir lá fora, mas o Natal estará a salvo, assim como o jingle bell, a árvore enfeitada com bolinhas, o peru, os presentes, a missa do galo e o ho-ho-ho do Papai Noel. Pode um colunista corromper essa felicidade? Pode, mas não deveria.

Essa introdução não é para recomendar que tirem as crianças da sala. Não vou corromper nada, mas é bem verdade que pretendo falar de amor de um jeito enviesado. Vou comentar sobre o papel do Natal nas separações, ainda mais agora que o divórcio ficou facilitado por lei.

Lembro que uma amiga minha e o marido decidiram se separar numa linda noite estrelada de novembro, e a primeira providência foi manter tudo como estava até que passasse o Natal. Bem pensado. Não havia razão para entristecer as crianças na véspera de uma data tão significativa. Natal é amor e família reunida, por que estragar o encanto? Tiveram sua noite feliz. Felicíssima.

Em agosto passado uma outra amiga me confidenciou que estava se divorciando. Lamentei por eles, ofereci ombro, aquela coisa toda, e aí ela me contou que iriam esperar passar o Natal para contar ao filho e se separarem de fato. Espera aí: seriam quatro meses até o Natal. E o filho já tinha dezenove anos.

Fiquei pensando que essa história de "esperar o Natal" é o último prazo para mudar de ideia. Separar-se é uma atitude tão radical, tão difícil e tão protelada, que o Natal virou uma saída: o casal põe os pingos nos is, diz que nunca mais, que terminou, porém, sem certeza absoluta do que está fazendo, estabelece que a separação, por enquanto, vai ficar secreta, até que a passagem do Natal libere cada um para seguir nova vida. Até lá, serão diplomáticos e honrarão as aparências, ou seja: para que os filhos não reparem, continuarão a dormir no mesmo quarto e a ser gentis um com o outro. E descobrem-se gentis como nunca foram.

Não duvide: em abril algum casal sentará na sala para ter aquela conversa difícil e definitiva, e depois de pesarem prós e contras, fazerem acusações mútuas e concluírem que não dá mais, irão dormir chorando e, no dia seguinte, avisarão parentes e amigos que o casamento acabou. Aí é só dar um tempo para procurar outro apartamento e se acostumar com a ideia. Enquanto isso, a folhinha do calendário passará por maio, junho, julho e, chegando em agosto, ora, nada mais sensato que esperar as festas de fim de ano.

O Natal é o maior aliado dos casais indecisos.

23 de dezembro de 2009

E SE TIVESSE SIDO DIFERENTE?

Quem leu o perturbardor *Precisamos falar sobre o Kevin*, sabe que sua autora, Lionel Shriver, é craque em esmiuçar as razões psicológicas que motivam todos os nossos atos, mesmo os mais tolos, e em demonstrar o quanto esses atos geram consequências previsíveis e imprevisíveis. Em seu novo livro, *O mundo pós-aniversário*, ela conta a história de Irina, uma mulher instalada num sólido casamento de dez anos, que um dia sente um incontrolável desejo de beijar outro homem. Pra complicar, esse homem é um amigo do casal. A partir daí, a autora desmembra o livro em duas histórias que correm paralelas: a vida de Irina caso consumasse seu impulso erótico, e a vida de Irina caso reprimisse seu desejo.

A autora poderia ter se contentado em escrever sobre o poder transformador de um primeiro beijo em alguém, mas foi mais inteligente e abordou também o poder transformador de mantermos tudo como está. É comum pensarmos que, ao ficarmos parados no mesmo lugar, sem agir, sem mudar nada, estamos assegurando um destino tranquilo. Engessados na mesma situação, é como se estivéssemos protegidos de qualquer possível ebulição que nos inquiete. Sssshh. Quietos. Ninguém se mexe pra não acordar o demônio.

Não deixa de ser uma estratégia, mas falta combinar com o resto da população. As pessoas que nos cercam sempre interferirão no nosso destino. Se dermos uma guinada brusca ou permanecermos na rotina, tanto faz: o mundo se encarregará de trocar as peças de lugar nesse imenso tabuleiro chamado dia a dia.

Ao fazer algo socialmente condenável (como ser casada e dar um beijo em outro homem, pra dar o exemplo do livro), tudo poderá acontecer – inclusive nada. Você poderá se apaixonar, abandonar seu marido e viver uma tórrida história de amor, e essa história de amor se revelar uma furada e você se arrepender, e tentar reatar com seu marido que a essa altura já estará apaixonado pela vizinha. Ou você beijará e em vez de iniciar um romance tórrido, voltará pra casa bocejando e nada, nadinha será alterado. Foi só uma pequena estupidez momentânea e sem consequências. Mas das consequências de continuar viva você não escapa.

Esse 2010 promete ser bom: ano do tigre no horóscopo chinês, ano de Vênus no horóscopo ocidental. Quem entende do assunto diz que teremos um aquecimento global do tipo que ninguém tem nada contra. Emoções calientes. Mas adianta fazer planos? Seja qual for o caminho que optarmos seguir, haverá altos e baixos. E isso é tudo. Se fizermos uma auditoria em nossas vidas, em algum momento questionaremos: “e se eu tivesse feito diferente?”. O diferente teria sido melhor e teria sido pior. Então o jeito é curtir nossas escolhas e abandoná-las quando for preciso, mexer e remexer na nossa trajetória, alegrar-se e sofrer, acreditar e descrer, que lá adiante tudo se justificará, tudo dará certo. Algumas vidas até podem ser tristes, outras são desperdiçadas, mas, num sentido mais absoluto, não existe vida errada.

23 de dezembro de 2009

NUNCA IMAGINEI UM DIA

Até alguns anos atrás, eu costumava dizer frases como "eu jamais vou fazer isso" ou "nem morta eu faço aquilo", limitando minhas possibilidades de descoberta e emoção. Não é fácil libertar-se do manual de instruções que nos autoimpomos. Às vezes, leva-se uma vida inteira, e nem assim conseguimos viabilizar esse projeto. Por sorte, minha ficha caiu a tempo.

Começou quando iniciei um relacionamento com alguém completamente diferente de mim, diferente a um ponto radical mesmo: ele, por si só, foi meu primeiro "nunca imaginei um dia". Feitos para ficarem a dois planetas de distância um do outro. Mas o amor não respeita a lógica, e eu, que sempre me senti tão confortável num mundo planejado, inaugurei a instabilidade emocional na minha vida. Prendi a respiração e dei um belo mergulho.

A partir daí, comecei a fazer coisas que nunca havia feito. Mergulhar, aliás, foi uma delas. Sempre respeitosa com o mar e chata para molhar os cabelos, afundei em busca de tartarugas gigantes e peixes coloridos no mar de Fernando de Noronha. Traumatizada com cavalos (por causa de um equino que quase me levou ao chão quando eu tinha oito anos de idade), participei da minha primeira cavalgada depois dos quarenta, em São Francisco de Paula. Roqueira convicta e avessa a pagode, assisti a um show do Zeca Pagodinho na Lapa. Para ver o Ronaldo Fenômeno jogar ao vivo, me infiltrei na torcida do Olímpico num jogo entre Grêmio e Corinthians, mesmo sendo colorada. Meu paladar deixou de ser monótono: comecei a provar alimentos que nunca havia provado antes. E muitas outras coisas vetadas por causa do "medo do ridículo" receberam alvará de soltura. O ridículo deixou de existir na minha vida.

Não deixei de ser eu. Apenas abri o leque, me permitindo ser um "eu" mais amplo. E sinto que é um caminho sem volta.

Um mês atrás participei de outro capítulo da série "Nunca imaginei um dia". Viajei numa excursão, eu que sempre rejeitei essa modalidade turística. Sigo preferindo viajar a dois ou sozinha, mas foi uma experiência fascinante, ainda mais que a viagem não tinha como destino um país do circuito Elizabeth Arden (Paris-Londres-Nova York), mas um país africano, muçulmano e desértico. Aliás, o deserto de Atacama, no Chile, será meu provável "nunca imaginei um dia" de 2010.

E agora cometi a loucura jamais pensada, a insanidade que nunca me permiti, o ato que me faria merecer uma camisa de força: eu, que nunca me comovi com bichos de estimação, adotei um gato de rua. Pode colocar a culpa no espírito natalino: trouxe um bichano de três meses pra casa, surpreendendo minhas filhas, que já haviam se acostumado com a ideia de ter uma mãe sem coração. E o que mais me estarrece: estou apaixonada por ele.

Ainda há muitas experiências a conferir: fazer compras pela internet, andar num balão, cozinhar dignamente, me tatuar, ler livros pelo kindle, viajar de navio e mais umas quatrocentas coisas que nunca imaginei fazer um dia, mas que já não duvido. Pois tem essa também: deixei de ser tão cética.

Já que é improvável que 2010 seja diferente de qualquer outro ano, que a novidade sejamos nós.

27 de dezembro de 2009

ARISTOGATOS

Nunca imaginei ter um bicho de estimação por uma questão de ordem prática: moro em apartamento, sempre morei. E se morasse em casa, escolheria um cachorro. Logo, nunca considerei a hipótese de ter um gato, fosse no térreo ou no décimo andar. Quando me falavam em gato, eu recorria a todos os chavões pra encerrar o assunto: gato é um animal frio, não interage, a troco de que ter um enfeite de quatro patas circulando pela casa?

Hoje, dona apaixonada de um gato de cinco meses (e morando no décimo andar), já consigo responder essa pergunta pegando emprestada uma frase de um tal Wesley Bates: "Não há necessidade de esculturas numa casa onde vive um gato". Boa, Wesley, seja você quem for. Gato é a manifestação soberana da elegância, é uma obra de arte em movimento. E se levarmos em consideração que a elegância anda perdendo de 10 x 0 para a vulgaridade, está aí um bom motivo para ter um bichano aninhado entre as almofadas.

Só que encasquetei de buscar argumentos ainda mais conclusivos. Por que, afinal, eu me encantei de tal modo por um felino? Comecei a ler outras frases irônicas e aparentemente pouco elogiosas. Mark Twain disse que gatos são inteligentes: aprendem qualquer crime com facilidade. Francis Galton disse que o gato é antissocial. Rob Kopack disse que, se eles pudessem falar, mentiriam para nós. Saki disse que o gato é doméstico só até onde convém aos seus interesses. Estava explicado por que gamei: qual a mulher que não tem uma quedinha por cafajestes?

Ser dona de um cachorro deve ser sensacional. Lealdade, companheirismo, reciprocidade, eu sei, eu sei, eu vi o filme do Marley. Cão é boa gente. Só que o meu cachorro preferido no cinema nunca foi da estirpe de um Marley. Era o Vagabundo, sabe aquele do desenho animado? O que reparte com a Dama um fio de macarrão, ambos mastigam, um de cada lado, e mastigam, mastigam até que... Eu trocaria todos os príncipes loiros e bem comportados da Branca de Neve e da Cinderela pelo livre e irreverente Vagabundo, que foi o personagem fetiche da minha infância. E lembrando dele agora, consigo entender a razão: aquele malandro tinha alma de gato.

Imagino que, com essa crônica, eu esteja revelando o lado menos nobre do meu ser. Pareço tão sensata, tão bem resolvida, tão madura. Quá! Tenho outra por dentro. Que vergonha. Levei mais de quarenta anos para me dar conta de que não faço questão de uma criatura que me siga, que me agrade, que me idolatre, que me atenda imediatamente ao ser chamado, que me convide pra passear com ele todo dia. Sendo charmoso, na dele e possuindo ao menos alguma condescendência comigo, tem jogo.

Credo, um simples gato me fez descobrir que sou mulher de bandido.

7 de janeiro de 2010

A JENNIFER MOYER

Abri um livro e, antes de começar a lê-lo, me fixei na dedicatória da primeira página. Dizia: *À memória de Jennifer Moyer, que deixou tudo melhor do que havia encontrado.* É o que todos nós gostaríamos de ver escrito no nosso obituário, imagino.

Desconheço quem seja Jennifer Moyer, mas simpatizei com essa moça (garanto que ela nunca deixou de ser moça, mesmo que tenha morrido aos cem). Só as pessoas de alma jovem e sadia é que entendem que a gente não vem ao mundo para sugá-lo, para retirar dele o suco possível e deixar para trás o nosso lixo. Encontramos o mundo de um jeito, ao nascer. É uma questão de honra que ele esteja melhor ao partirmos.

Mas não é tarefa fácil. Eu desanimo quando vejo a quantidade de pessoas grosseiras que se reproduzem feito gremlins. Nem mesmo nosso chefe de Estado anda conseguindo manter a compostura. Não é porque todo mundo fala palavrão – e todo mundo fala mesmo – que Lula precisa usar o mesmo recurso para se expressar em público. Aliás, vale para todos os que ocupam alguma hierarquia, sejam diretores de empresa, professores, pais. "Menino, vá estudar, ou quer ficar na m..... pra sempre?" Esse exemplo de elegância no tratamento é comum nos lares brasileiros, e com aval presidencial, tende a se perpetuar.

Se a gente deseja que nossos netos herdem um mundo melhor, é preciso arregaçar as mangas agora. Então vamos lá: ninguém morre se caminhar três quadras em vez de usar o carro ou se procurar uma lixeira em vez de jogar a lata de refrigerante no meio da rua. E não é só consciência ambiental que precisamos exercitar, mas também uma consciência básica sobre a arte de conviver. Não é possível que as pessoas sigam sendo tão maldosas e ariscas, sempre alfinetando os outros, sempre interpretando erroneamente os bons atos e cultivando um complexo de perseguição que mina as relações. Ninguém mais acredita em ninguém, ninguém confia, todos vivem com a faca entre os dentes, temendo passar por otários. E é o que acabam sendo. Se tivessem uma visão um pouco mais pacifista, iriam facilitar muito as relações humanas. Esperar o melhor dos outros é uma atitude contagiante, mas, infelizmente, esperar o pior também é. E fica essa guerra de nervos no ar.

Tenho uma visão bem individualista sobre o que torna o mundo mais habitável: cada um fazendo a sua parte já ajuda um bocado. Não estou falando apenas de contribuir com dinheiro para entidades carentes, adotar bichos de rua, doar sangue, mas também em cuidar do nosso humor, praticar a cortesia, aplaudir, elogiar – não há submissão nenhuma em ser positivo. Mas somos acomodados e preferimos esperar por soluções estabelecidas de cima para baixo, como se a nossa colaboração fosse inexpressiva.

Dedico essa crônica à minha musa inspiradora de hoje, Jennifer Moyer, que sei lá o que fez para ser homenageada com uma dedicatória num livro, mas pouca coisa não foi: ou ela soube transmitir aos filhos a importância de se viver sem mágoas, ou ela soube cultivar seus amigos, ou ela sempre foi justa, ou não se deixou levar por vaidades bestas, ou simplesmente sorriu mais do que praguejou. Ou tudo isso junto, o que já é um belo lote de atos revolucionários.

10 de janeiro de 2010

SEU APARTAMENTO É FELIZ?

Dia desses fui acompanhar uma amiga que estava procurando um apartamento para comprar. Ela selecionou cinco imóveis para visitar, todos ainda ocupados por seus donos, e pediu que eu fosse com ela dar uma olhada. Minha amiga, claro, estava interessada em avaliar o tamanho das peças, o estado de conservação do prédio, a orientação solar, a vizinhança. Já eu, que estava ali de graça, fiquei observando o jeito que as pessoas moram.

Li em algum lugar que só há uma regra de decoração que merece ser obedecida: para onde quer que se olhe, deve haver algo que nos faça feliz. O referido é verdade e dou fé. Não existe um único objeto na minha casa que não me faça feliz, pelas mais variadas razões: ou porque esse objeto me lembra de uma viagem, ou porque foi um presente de uma pessoa bacana, ou porque está comigo desde muitos endereços atrás, ou porque me faz reviver o momento em que o comprei, ou simplesmente porque é algo divertido e descompromissado, sem qualquer função prática a não ser agradar aos olhos.

Essa regra não tem nada a ver com elitismo. Pessoas riquíssimas muitas vezes vivem em palácios totalmente impessoais, aristocráticos e maçantes com suas torneiras de ouro, quadros soturnos que valem fortunas e enfeites arrematados em leilões. São locais classudos, sem dúvida, e que devem fazer seus monarcas felizes, mas eu não conseguiria morar num lugar em que eu não me sentisse à vontade para colocar os pés em cima da mesinha de centro.

A beleza de uma sala, de um quarto ou de uma cozinha não está no valor gasto para decorá-los, e sim na intenção do proprietário em dar a esses ambientes uma cara que traduza o espírito de quem ali vive. E é isso que me espantou nas várias visitas que fizemos: a total falta de espírito festivo daqueles moradores. Gente que se conforma em ter um sofá, duas poltronas, uma tevê e um arranjo medonho em cima da mesa, e não se fala mais nisso. Onde é que estão os objetos que os fazem felizes? Sei que a felicidade não exige isso, mas pra que ser tão franciscano? Um estímulo visual torna o ambiente mais vivo e aconchegante, e isso pode existir em cabanas no meio do mato e em casinhas de pescadores que, aliás, transpiram mais felicidade do que muito apê cinco estrelas. Mas grande parte das pessoas não está interessada em se informar e em investir na beleza das coisas simples. E quando tentam, erram feio, reproduzindo em suas casas aquele estilo showroom de megaloja que só vende móveis laqueados e forrados com produtos sintéticos, tudo metido a chique, o suprassumo da falta de gosto. Onde o toque da natureza? Madeira, plantas, flores, tecidos crus e, principalmente, onde o bom humor? Como ser feliz numa casa que se leva a sério?

Não me recrimine, estou apenas passando adiante o que li: pra onde quer que se olhe, é preciso alguma coisa que nos deixe feliz. Se você está na sua casa agora, consegue ter seu prazer despertado pelo que lhe cerca? Ou sua casa é um cativeiro com o conforto necessário e fim?

Minha amiga ainda não encontrou seu novo lar, mas segue procurando, só que agora está visitando, de preferência, imóveis já desabitados, vazios, onde ela possa avaliar não só o tamanho das peças, a orientação solar, o estado geral de conservação, mas também o potencial de alegria que ela pretende explorar.

24 de janeiro de 2010

A NOVA MINORIA

É um grupo formado por poucos integrantes. Acredito que hoje estejam até em menor número do que a comunidade indígena, que se tornou minoria por força da dizimação de suas tribos. A minoria a que me refiro também está sendo exterminada do planeta, e pouca gente tem se dado conta. Me refiro aos sensatos.

A comunidade dos sensatos nunca se organizou formalmente. Seus antepassados acasalaram-se com insensatos, e geraram filhos e netos e bisnetos mistos, o que poderia ser considerada uma bem-vinda diversidade cultural, mas não resultou em grande coisa. Os seres mistos seguiram procriando com outros insensatos, até que a insensatez passou a ser o gene dominante da raça. Restaram poucos sensatos puros.

Reconhecê-los não é difícil. Eles costumam ser objetivos em suas conversas, dizendo claramente o que pensam e baseando seus argumentos no raro e desprestigiado bom senso. Analisam as situações por mais de um ângulo antes de se posicionarem. Tomam decisões justas, mesmo que para isso tenham que ferir suscetibilidades. Não se comovem com os exageros e delírios de seus pares, preferindo manter-se do lado da razão. Serão pessoas frias? É o que dizem deles, mas ninguém imagina como sofrem intimamente por não serem compreendidos.

O sensato age de forma óbvia. Ele conhece o caminho mais curto para fazer as coisas acontecerem, mas as coisas só acontecem quando há um empenho conjunto. Sozinho ele não pode fazer nada contra a avassaladora reação dos que, diferentemente dele, dedicam suas vidas a complicar tudo. Para a maioria, a simplicidade é sempre suspeita, vá entender.

O sensato obedece regras ancestrais, como, por exemplo, dar valor ao que é emocional e desprezar o que é mesquinho. Ele não ocupa o tempo dos outros com fofocas maldosas e de origem incerta. Ele não concorda com muita coisa que lê e ouve por aí, mas nem por isso exercita o espírito de porco agredindo pessoas que não conhece. Se é impelido a se manifestar, defende sua posição com ideias, sem precisar usar o recurso da violência.

O sensato não considera careta cumprir as leis, é a parte facilitadora do cotidiano. A loucura dele é mais sofisticada, envolve rompimento com algumas convenções, sim, mas convenções particulares, que não afetam a vida pública. O sensato está longe de ser um certinho. Ele tem personalidade, e se as coisas funcionam pra ele, é porque ele tem foco e não se desperdiça, utiliza seu potencial em busca de eficácia, em vez de gastar sua energia com teatralizações que dão em nada.

O sensato privilegia tudo o que possui conteúdo, pois está de acordo com a máxima que diz que mais grave do que ter uma vida curta, é ter uma vida pequena. Sendo assim, ele faz valer o seu tempo. Reconhece que o Big Brother é um passatempo curioso, por exemplo, mas não tem estômago para aquela sequência de conversas inaproveitáveis. É o vazio da banalidade passando de geração para geração.

Ouvi de um sensato, dia desses: "Perdi minha turma. Eu convivia com pessoas criativas, que falavam a minha língua, que prezavam a liberdade, pessoas antenadas que não perdiam tempo com mediocridades. A gente se dispersou". Ele parecia um índio.

Mesmo com poucas chances de sobrevivência, que se morra em combate. Sensatos, resistam.

31 de janeiro de 2010

SISTERS

Sempre que chega o Dia Internacional da Mulher, procuro fugir do discurso de vitimização que a data invoca. Não que estejamos com a vida ganha, mas creio que as mulheres já mostraram a que vieram e as dificuldades pelas quais passamos não são privilégio nosso: injustiça e violência são para todos. Temos, ainda, o grande desafio de conciliar as atividades domésticas com a realização profissional, e precisamos, naturalmente, da parceria do Estado e da parceria dos parceiros: ser feliz é um trabalho de equipe. Mas não vou utilizar o 8 de Março para colocar mais água no chororô habitual. Prefiro aproveitar a data, esse ano, para fazer um brinde à nossa importância não para a sociedade e nem para a família, mas umas para as outras.

Assistindo em DVD ao delicado filme *Caramelo*, produção franco-libanesa do ano passado, tive a sensação boa de confirmar que o tempo passa, os filhos crescem, os corações se partem, mas as amigas ficam. Como todos os filmes que abordam a amizade e a solidão intrínseca de toda mulher, *Caramelo* nos consola valorizando o que temos de melhor: a nossa paixão, a nossa bravura ("sou mais macho que muito homem") e o bom humor permanente, mesmo diante de tristezas profundas.

No filme, elas são cinco: a amante de um homem casado, a que tem pavor de envelhecer e por conta disso se submete a situações humilhantes, a garota muçulmana com casamento marcado que precisa esconder do noivo que não é mais virgem, a enrustida que se sente atraída por outras mulheres e a senhora que desistiu de investir no amor para cuidar da irmã mais velha, que é mentalmente perturbada. Todas diferentes entre si e todas iguais a nós: mulheres conflituadas, mas que podem contar umas com as outras em qualquer circunstância.

Recentemente recebi por e-mail um texto anônimo, em inglês, que falava justamente sobre isso: precisamos de mulheres à nossa volta. Amigas, filhas, avós, netas, irmãs, cunhadas, tias, primas. Somos mais chatas do que os homens, porém, entre uma chatice e outra, somos extremamente solidárias e companheiras de farras e roubadas. Esquecemos com facilidade as alfinetadas da vida e temos sempre uma boa dica para passar adiante, seja a de um filme imperdível, de uma loja barateira ou de uma receita para esquecer da dieta. Competitivas? Talvez, mas isso não corrompe em nada a nossa predisposição para o afeto, a nossa compreensão dos medos que são comuns a todas, a longevidade dos nossos pactos, o nosso abraço na hora da dor, a nossa delicadeza em momentos difíceis, a nossa humildade para reconhecer quando erramos e a nossa natureza de leoas, capazes de defender não só nossos filhotes, mas os filhotes de todo o bando.

Aprendemos a compartilhar nossas virtudes e pecados e temos uma capacidade infinita para o perdão. Somos meigas e enérgicas ao mesmo tempo, o que perturba e fascina os que nos rodeiam. Brigamos muito, é verdade: temos unhas compridas não por acaso. Em compensação, nascemos com o dom de detectar o sagrado das pequenas coisas, e é por isso que uma amizade iniciada na escola pode completar bodas de ouro e uma empatia inesperada pode estimular confidências nunca feitas. Amamos os homens, mas casadas, mesmo, somos umas com as outras.

7 de março de 2010

VIAJANDÕES

Violência urbana nunca foi novidade. Aumentou, mas sempre existiu. Porém, até ela já teve dias mais românticos. Podemos quase sentir saudades de uma época em que os crimes eram protagonizados por uma turma que queria apenas enriquecer sem trabalhar, e para isso invadiam sua casa, levavam seu carro ou afanavam sua bolsa, mas sempre tendo a delicadeza de avisar antes: "Mãos ao alto, isso é um assalto". Eles sabiam o que estavam fazendo. E uma vez com o objeto do desejo em mãos, iam embora apressados assim que ouviam as sirenes da polícia, não sem antes fazer uma mesura de despedida. Quase posso ver George Clooney no papel.

Hoje os meliantes chegam agressivamente comunicando "Perdeu! Perdeu!", a polícia não aparece e ninguém sabe direito o que está fazendo: se antes éramos surpreendidos por um pessoal que, a seu modo, tentava evitar confusões desnecessárias, hoje nos atacam completamente chapados, alucinados e sem a menor condição de distinguir um assalto de um assassinato. Não se pode mais escolher entre a vida ou a bolsa: eles levam ambos.

A recomendação sempre foi a de não reagir. Eles têm uma arma, você não. Obedeça. Porém, até um tempo atrás, contávamos com um mínimo de discernimento a nosso favor. Quem te assaltava sabia que estava cometendo um crime, sabia que deveria agir rápido e fazer o menor estrago possível, sem chamar atenção. Havia esperança de eles serem minimamente lúcidos e fazerem um serviço limpo.

Hoje, o cara que te ataca pensa que é Jesus Cristo. Tem delírio de todos os tipos. Se você ousar piscar os olhos, ele poderá interpretar como um sinal feito para o carro da frente. Se você estiver de camiseta verde, isso pode ser considerado uma provocação, já que a grama também é verde, você por acaso o está mandando pastar? Em sua infinita doideira, nós é que somos a ameaça.

Não bastasse estarmos sem segurança nas ruas e à mercê de marginais que têm a maior facilidade para conseguir uma arma de fogo, ainda temos que lidar com essa outra arma invisível e ainda mais letal: o descontrole de seus atos. Se antes torcíamos para nunca sermos assaltados, atualmente torcemos para que, quando chegar a nossa vez, o criminoso esteja de cara, sóbrio, no seu juízo perfeito, totalmente capacitado para levar o que é nosso sem entrar em surto.

É mais uma inversão de comportamento que a violência provoca. Antes, morrer de causa natural era morrer de velhice. Hoje, natural é morrer de latrocínio. Cidadãos que trabalham e pagam impostos vivem em prisão domiciliar, atrás de grades. Você atende o telefone e alguém tenta lhe extorquir dinheiro através de um trote. Você não tem segurança para ir ao supermercado. Não tem segurança ao sair de uma igreja. Não tem segurança dentro da escola.

E agora essa: ainda temos que torcer para que o agressor, ao nos atacar, não tenha medo de nós.

28 de março de 2010

CONDIÇÃO DE ENTREGA

Acaba de ser revelado o que uma mulher quer – e que Freud nunca descobriu. Ela quer uma relação amorosa equilibrada onde haja romance, surpresa, renovação, confiança, proteção e, sobretudo, condição de entrega. É com essa frase objetiva e certeira que Ney Amaral abre seu livro *Cartas a uma mulher carente*, um texto suave que corria o risco de soar meio paternalista, como sugeria o título, mas não. É apenas suave.

Romance, surpresa e etecetera não chegam a ser novidade em termos de pré-requisitos para um amor ideal, supondo que amor ideal exista, mas "condição de entrega" me fez erguer o músculo que fica bem em cima da sobrancelha, aquele que faz com que a gente ganhe um ar intrigado, como se tivesse escutado pela primeira vez algo que merece mais atenção.

Mesmo havendo amor e desejo, muitas relações não se sustentam, e fica a pergunta atazanando dentro: por quê? O casal se gosta tanto, o que os impede de manter uma relação estável, divertida e sem tanta neura?

Condição de entrega: se não existir, a relação tampouco existirá pra valer. Será apenas um simulacro, uma tentativa, uma insistência.

Essa condição de entrega vai além da confiança. Você pode ter certeza de que ele é uma pessoa honesta, de que falou a verdade sobre aquele sábado em que não atendeu ao telefone, de que ele realmente chegará na hora que combinou. Mas isso não é tudo. Na verdade, isso não é nada.

A condição de entrega se dá quando não há competitividade, quando o casal não disputa a razão, quando as conversas não têm como fim celebrar a vitória de um sobre o outro. A condição de entrega se dá quando ambos jogam no mesmo time, apenas com estilos diferentes. Um pode ser mais rápido, outro mais lento, um mais aberto, outro mais fechado: posições opostas, mas vestem a mesma camisa.

A condição de entrega se dá quando se sabe que não haverá julgamento sumário. Diga o que disser, o outro não usará suas palavras contra você. Ele pode não concordar com suas ideias, mas jamais desconfiará da sua integridade, não debochará da sua conduta e não rirá do que não for engraçado.

É quando você não precisa fingir que não pensa o que, no fundo, pensa. Nem fingir que não sente o que, na verdade, sente.

Havendo condição de entrega, então, a relação durará para sempre? Sei lá. Pode acabar. Talvez vá. Mas acabará porque o desejo minguou, o amor virou amizade, os dois se distanciaram, algo por aí. Enquanto juntos, houve entrega. Nenhum dos dois sonegou uma parte de si.

Quando não há condição de entrega, pode-se arrastar, prolongar, tentar um amor pra sempre. Mas era você mesmo que estava nessa relação?

Condição de entrega é dar um triplo mortal pressentindo que há uma rede lá embaixo, mesmo que saibamos que não existe rede pro amor. Mas intuir a presença dela nos basta.

18 de abril de 2010

TERAPIA DO JOELHAÇO

Sentado em sua poltrona de couro marrom, ele me ouviu com a mão apoiada no queixo por dez minutos, talvez doze minutos, até que me interrompeu e disse: "Tu estás enlouquecendo".

Não é exatamente isso que se sonha ouvir de um psiquiatra. Se você vem de uma família conservadora que acredita que terapia é pra gente maluca, pode acabar levando o diagnóstico a sério. Mas eu não venho de uma família conservadora, ao menos não tanto.

Comecei a gargalhar e em segundos estava chorando. "Como assim, enlouquecendo??"

Ele riu. Deixou a cabeça pender para um lado e me deu o olhar mais afetuoso do mundo, antes de dizer: "Querida, só existem duas coisas no mundo: o que a gente quer e o que a gente não quer".

Quase levantei da minha poltrona de couro marrom (também tinha uma) para esbravejar: "Então é simples desse jeito? O que a gente quer e o que a gente não quer? Olhe aqui, dr. Freud (um pseudônimo para preservar sua identidade), tem gente que faz análise durante catorze anos, às vezes mais ainda, vinte anos, e você me diz nos meus primeiros quinze minutos de consulta que a vida se resume ao nossos desejos e nada mais? Não vou lhe pagar um tostão!".

Ele jogou a cabeça pra trás e sorriu de um jeito ainda mais doce. Eu joguei a cabeça pra frente, escondi os olhos com as mãos e chorei um pouquinho mais. Não é fácil ouvir uma verdade à queima-roupa.

"Tem gente que precisa de muitos anos para entender isso, minha cara." Suspirei e deduzi que era uma homenagem: ele me julgava capaz daquela verdade sem precisar frequentar seu consultório até ficar velhinha. Além disso, fiz as contas e percebi que ele estava me poupando de gastar uma grana preta.

Tá, e agora, o que eu faço com essa batata quente nas mãos, com essa revelação perturbadora?

Passo adiante, ora. Extra, extra, só existe o seu desejo. É o desejo que manda. Esse troço que você tem aí dentro da cachola, essa massa cinzenta, parecendo um quebra-cabeças, ela só lhe distrai daquilo que realmente interessa: o seu desejo. O rei, o soberano, o infalível, é ele, o desejo. Você pode silenciá-lo à força, pode até matá-lo, caso não tenha forças para enfrentá--lo, mas vai sobrar o que de você? Vai restar sua carcaça, seu zumbi, seu avatar caminhando pelas ruas desertas de uma cidade qualquer. Você tem coragem de desprezar a essência do que faz você existir de fato?

É tão simples que nem seria preciso terapia. Ou nem seria preciso mais do que meia dúzia de consultas. Mas quem disse que, sendo complicados como somos, o simples nos contenta? Por essas e outras, estamos todos enlouquecendo.

25 de abril de 2010

FELIZ POR NADA

Geralmente, quando uma pessoa exclama "Estou tão feliz!", é porque engatou um novo amor, conseguiu uma promoção, ganhou uma bolsa de estudos, perdeu os quilos que precisava ou algo do tipo. Há sempre um porquê. Eu costumo torcer para que essa felicidade dure um bom tempo, mas sei que as novidades envelhecem e que não é seguro se sentir feliz apenas por atingimento de metas. Muito melhor é ser feliz por nada.

Digamos: feliz porque maio recém começou e temos longos oito meses para fazer de 2010 um ano memorável. Feliz por estar com as dívidas pagas. Feliz porque alguém lhe elogiou. Feliz porque existe uma perspectiva de viagem daqui a alguns meses. Feliz porque você não magoou ninguém hoje. Feliz porque daqui a pouco será hora de dormir e não há lugar no mundo mais acolhedor do que sua cama.

Esquece. Mesmo sendo motivos prosaicos, isso ainda é ser feliz por muito.

Feliz por nada, nada mesmo?

Talvez passe pela total despreocupação com essa busca. Essa tal de felicidade inferniza. "Faça isso, faça aquilo". A troco? Quem garante que todos chegam lá pelo mesmo caminho?

Particularmente, gosto de quem tem compromisso com a alegria, que procura relativizar as chatices diárias e se concentrar no que importa pra valer, e assim alivia o seu cotidiano e não atormenta o dos outros. Mas não estando alegre, é possível ser feliz também. Não estando "realizado", também. Estando triste, felicíssimo igual. Porque felicidade é calma. Consciência. É ter talento para aturar o inevitável, é tirar algum proveito do imprevisto, é ficar debochadamente assombrado consigo próprio: como é que eu me meti nessa, como é que foi acontecer comigo? Pois é, são os efeitos colaterais de se estar vivo.

Benditos os que conseguem se deixar em paz. Os que não se cobram por não terem cumprido suas resoluções, que não se culpam por terem falhado, não se torturam por terem sido contraditórios, não se punem por não terem sido perfeitos. Apenas fazem o melhor que podem.

Se é para ser mestre em alguma coisa, então que sejamos mestres em nos libertar da patrulha do pensamento. De querer se adequar à sociedade e ao mesmo tempo ser livre. Adequação e liberdade simultaneamente? É uma senhora ambição. Demanda a energia de uma usina. Para que se consumir tanto?

A vida não é um questionário de Proust. Você não precisa ter que responder ao mundo quais são suas qualidades, sua cor preferida, seu prato favorito, que bicho seria. Que mania de se autoconhecer. Chega de se autoconhecer. Você é o que é, um imperfeito bem-intencionado e que muda de opinião sem a menor culpa.

Ser feliz por nada talvez seja isso.

2 de maio de 2010

TUDO PODE DAR CERTO

Uns acharam bom, outros acharam ruim, e assim é a vida, todos opinam aqui e ali, e eu serei apenas mais uma a palpitar sobre o recente filme de Woody Allen. É possível que você concorde comigo e estaremos em sintonia, ou você irá discordar, engrossando a turma dos que acham que Woody Allen não é mais o mesmo, ou você talvez sempre tenha considerado Woody Allen um chato de galochas, ou vai ver nem sabe quem é esse tal de Woody Allen, e nada disso mudará uma única fagulha no curso do universo.

O monólogo de abertura de *Tudo pode dar certo*, com Larry David no papel do mal-humorado Boris, traz esse espírito fatalista. Segundo ele, nada tem muito sentido, a sorte é que manda no jogo, e se ao menos facilitássemos as coisas para tornar nossos dias mais suportáveis, mas fazemos justamente o contrário. "As pessoas tornam a vida pior do que é preciso", reclama o protagonista.

Na contramão da crítica especializada, para mim Woody Allen está cada vez melhor, se não como cineasta, ao menos como filósofo. Tem se revelado mais debochado e mais leve, como convém a um homem inteligente que está chegando aos 75 anos e que aprendeu que só o que nos cabe nessa vida é não fazer mal aos outros e usufruir da melhor maneira a honra de ter nascido.

Dessa vez, Woody Allen foi fundo na caricatura. Mostra um personagem ranzinza que fracassa em suas duas tentativas de suicídio, uma loirinha desmiolada, uma senhora careta que reavalia seus conceitos e "se reinventa", um príncipe encantado cujo único atrativo é ser bonitão e um pai de família temente a Deus que descobre que é um gay enrustido. "Às vezes os clichês são a melhor forma de dizer as coisas", alerta Boris ainda no início do filme.

Quando assisti a *Igual a tudo na vida,* filme de 2003, lembro de ter comentado que Woody Allen havia se dado alta. E sigo com a mesma impressão. Em suas obras anteriores (principalmente as realizadas entre o final dos anos 70 e o início dos 90), todas ricas e consistentes em seus questionamentos existenciais, o diretor parecia dizer: "Não há cura". Em sua resignada fase atual, ele parece dizer: "Não há doença". O diretor está apenas confirmando que não temos nenhum domínio sobre os mistérios que nos rondam e sobre experiências nunca testadas. Então, não importa o que façamos, o risco de dar certo é o mesmo de dar errado, e até quando parece que dá errado, funciona. Qualquer coisa funciona. Até um Woody Allen clichê.

5 de maio de 2010

EM QUE VOCÊ ESTÁ PENSANDO?

Estava participando de um evento, quando uma moça se aproximou de mim e disse: "Gostaria de saber sua opinião: sempre que eu pergunto para o meu marido sobre o que ele está pensando, ele responde que não está pensando em nada. Isso é possível?".

"Não, não é possível", respondi. "Não é possível que você pergunte para o seu marido sobre o que ele está pensando. Você não tem pena do coitado?"

Rimos e trocamos de assunto.

O fato é que não é só ela. Muitas vezes compartilhamos o silêncio com alguém que amamos muito, mas o amor nem sempre é blindagem suficiente contra a insegurança, e aí aquele silêncio vai se tornando incômodo, aflitivo, até que, pra não deixar o caladão ou a caladona fugir para muito longe, surge a invasiva pergunta: "No que você está pensando?".

Pode acontecer durante uma viagem de carro, durante uma caminhada, até mesmo em frente à tevê: "No que você está pensando?".

Estava pensando se o bolo desandou por eu ter colocado farinha de rosca em vez de farinha de trigo. Estava tentando lembrar se foi o Robert Downey Jr. que fez o papel de Gandhi no cinema. Estava procurando entender como o elefante, sendo herbívoro, consegue ser tão gordo.

Como diria Olavo Bilac, certo perdeste o senso.

O pensamento é sagrado, o único território livre de patrulha, livre de julgamentos, livre de investigações, livre, livre, livre. Área de recreação da loucura. Espaço aberto para a imaginação. Paraíso inviolável. Se estivermos estranhamente quietos num momento em que o natural seria estarmos desabafando, ok, é bacana que quem esteja a nosso lado demonstre atenção. Você está aborrecido comigo? Está preocupado? Quer conversar? Está precisando de alguma coisa? Quem gosta de nós percebe quando nosso silêncio é uma manifestação de sofrimento ou desagrado, e nos convocar para um diálogo é uma tentativa de ajudar.

Mas durante uma viagem de carro em que está tudo numa boa e você está apenas apreciando a paisagem? Durante uma caminhada no parque em que você está observando as diferentes tonalidades de verde das árvores? Na frente da tevê, quando você está fixado na entrevista do seu cineasta preferido? Esse é o silêncio da paz, do sossego, e não merece ser interrompido por suspeitas. Sim, até pode ser que você esteja pensando, durante a viagem, que o relacionamento de vocês também já foi longe demais. E que o parque seria um belo local para um encontro clandestino. De preferência com o cineasta da entrevista, que você nem imaginava ser tão bonitão. Sim, pode ser.

Em que você está pensando?

Em nada, meu bem. Em nada.

16 de maio de 2010

SAÚDE MENTAL

Acabo de saber da existência de um filósofo grego chamado Alcméon, que viveu no século VI antes de Cristo, e que certa vez disse que saúde é o equilíbrio de forças contraditórias.

O psicanalista Paulo Sergio Guedes, nosso contemporâneo, reforça a mesma teoria em seu novo livro, *A paixão, caminhos & descaminhos*, em que ele discute os fundamentos da psicanálise. Escreve Guedes: "A saúde constitui sempre um estado de equilíbrio instável de forças, enquanto a doença traz em si a ilusória sensação de estabilidade e permanência".

Não sei se entendi direito, mas me pareceu coerente. O sujeito de boa cuca não é aquele que pensa de forma militarizada. Não é o que nunca se contradiz. Não é o cara regido apenas pela lógica e que se agarra firmemente em suas verdades imutáveis. Esse, claro, é o doente.

Do nascimento à morte há uma longa estrada a ser percorrida. Para atravessá-la, recebemos uma certa munição no reduto familiar, mas nem sempre é a munição que precisávamos: em vez de nos darem conhecimento, nos deram regras rígidas. Em vez de nos ofertarem arte, nos deram apenas futebol e novela. Em vez de nos estimularem a reverenciar a paixão e o encantamento, nos adestraram para ter medo. E lá vamos nós, vestidos com essa camisa de força emocional, encarar os dias em total estado de insegurança, desprotegidos para uma guerra que começa já dentro da própria cabeça.

Armados até os dentes contra qualquer instabilidade, como gozar a vida?

A paz que tanto procuramos não está na previsibilidade e na constância, e sim no reconhecimento de que ambas inexistem: nada é previsível nem constante. E isso enlouquece a maioria das pessoas. Quer dizer que não temos poder nenhum? Pois é, nenhum.

É um choque. Mas o segredo está em acostumar-se com a ideia. Só então é que se consegue relaxar e se divertir.

Ou seja, a pessoa de mente saudável é aquela que, sabedora da sua impotência contra as adversidades, não as camufla, e sim as enfrenta, assume a dor que sente, sofre e se reconstrói, e assim ganha experiência para novos embates, sentindo-se protegida apenas pela consciência que tem de si mesma e do que a cerca – o universo todo, incerto e mágico.

Acho que é isso. Espero que seja isso, pois me parece perfeitamente curável, basta a coragem de se desarmar. O sujeito com a mente confusa é um cara assustado, que se algemou em suas próprias convicções e tenta, sem sucesso, se equilibrar em um pensamento único, sem se movimentar.

Já o sadio baila sobre o precipício.

23 de maio de 2010

A ELEGÂNCIA DO CONTEÚDO

De ferramentas tecnológicas, qualquer um pode dispor, mas a cereja do bolo chama-se conteúdo. É o que todos buscam freneticamente: vossa majestade, o conteúdo.

Mas onde ele se esconde?

Dentro das pessoas. De algumas delas.

Fico me perguntando como é que vai ser daqui a um tempo, caso não se mantenha o já parco vínculo familiar com a literatura, caso não se dê mais valor a uma educação cultural, caso todos sigam se comunicando com abreviaturas e sem conseguir concluir um raciocínio. De geração para geração, diminui-se o acesso ao conhecimento histórico, artístico e filosófico. A overdose de informação faz parecer que sabemos tudo, o que é uma ilusão, sabemos muito pouco, e nossos filhos saberão menos ainda. Quem irá optar por ser professor não tendo local decente para trabalhar, nem salário condizente com o ofício, nem respeito suficiente por parte dos alunos? Os minimamente qualificados irão ganhar a vida de outra forma que não numa sala de aula. E sem uma orientação pedagógica de nível e sem informação de categoria, que realmente embase a formação de um ser humano, só o que restará é a vulgaridade e a superficialidade, que já reinam, aliás.

Sei que é uma visão catastrofista e que sempre haverá uma elite intelectual, mas o que deveríamos buscar é justamente a ampliação dessa elite para uma *maioria* intelectual. A palavra assusta, mas entenda-se como intelectual a atividade pensante, apenas isso, sem rebuscamento.

O fato é que nos tornamos uma sociedade muito irresponsável, que está falhando na transmissão de elegância. Pensar é elegante, ter conhecimento é elegante, ler é elegante, e essa elegância deveria estar ao alcance de qualquer pessoa. Outro dia conversava com um taxista que tinha uma ideia muito clara dos problemas do país, e que falava sobre isso num português correto e sem se valer de palavrões ou comentários grosseiros, e sim com argumentos e com tranquilidade, sem querer convencer a mim nem a ninguém sobre o que pensava, apenas estava dando sua opinião de forma cordial. Um sujeito educado, que dirigia de forma igualmente educada. Morri e reencarnei na Suíça, pensei.

Isso me fez lembrar de um livro excelente chamado *A elegância do ouriço*, de Muriel Barbery, que conta a história de uma zeladora de um prédio sofisticado de Paris. Ela, com sua aparência tosca e exercendo um trabalho depreciado, era mais inteligente e culta do que a maioria esnobe que morava no edifício a que servia. Mas, como temia perder o emprego caso demonstrasse sua erudição, oferecia aos patrões a ignorância que esperavam dela, inclusive falando errado de propósito, para que todos os inquilinos ficassem tranquilos – cada um no seu papel.

A personagem não só tinha uma mente elegante, como possuía também a elegância de não humilhar seus "superiores", que nada mais eram do que medíocres com dinheiro.

A economia do Brasil vai bem, dizem. Mas pouco valerá se formos uma nação de medíocres com dinheiro.

30 de maio de 2010

SONS QUE CONFORTAM

Eram quatro horas da manhã quando seu pai sofreu um colapso cardíaco. Só estavam os três em casa: o pai, a mãe e ele, um garoto de doze anos. Chamaram o médico da família. E aguardaram. E aguardaram. E aguardaram. Até que o garoto escutou um barulho lá fora. É ele que conta, hoje, adulto: "Nunca na vida ouvira um som mais lindo, mais calmante, do que os pneus daquele carro amassando as folhas de outono empilhadas junto ao meio-fio".

Inesquecível, para o menino, foi ouvir o som do carro do médico se aproximando, o homem que salvaria seu pai. Na mesma hora em que li esse relato, imaginei um sem-número de sons que nos confortam. A começar pelo choro na sala de parto. Seu filho nasceu. E o mais aliviante para pais que possuem adolescentes baladeiros: o barulho da chave abrindo a fechadura da porta. Seu filho voltou.

E pode parecer mórbido para uns, masoquismo para outros, mas há quem mate a saudade assim: ouvindo pela enésima vez o recado na secretária eletrônica de alguém que já morreu.

Deixando a categoria dos sons magnânimos para a dos sons cotidianos: a voz no alto-falante do aeroporto dizendo que a aeronave já se encontra em solo e o embarque será feito dentro de poucos minutos.

O sinal, dentro do teatro, avisando que as luzes serão apagadas e o espetáculo irá começar.

O telefone tocando exatamente no horário que se espera, conforme o combinado. Até a musiquinha que antecede a chamada a cobrar pode ser bem-vinda, se for grande a ansiedade para se falar com alguém distante.

O barulho da chuva forte no meio da madrugada, quando você está no quentinho da sua cama.

Uma conversa em outro idioma na mesa ao lado da sua, provocando a falsa sensação de que você está viajando, de férias em algum lugar estrangeiro. E estando em algum lugar estrangeiro, ouvir o seu idioma natal sendo falado por alguém que passou, fazendo você lembrar que o mundo não é tão vasto assim.

O toque do interfone quando se aguarda ansiosamente a chegada do namorado. Ou mesmo a chegada da pizza.

O aviso sonoro de que entrou um torpedo no seu celular.

A sirene da fábrica anunciando o fim de mais um dia de trabalho.

O sinal da hora do recreio.

A música que você mais gosta tocando no rádio do carro. Aumente o volume.

O aplauso depois que você, nervoso, falou em público para dezenas de desconhecidos.

O primeiro eu te amo dito por quem você também começou a amar.

E o mais raro e sublime: o silêncio absoluto.

6 de junho de 2010

FIGURINHAS

Entrei numa tabacaria para comprar uma revista. Na hora de pagar, havia uma família na minha frente: pai, mãe e um garoto de uns seis anos. O menino deu uma puxadinha no casaco do pai e disse: "Não esquece as figurinhas". O pai pediu ao atendente: "Me vê dois pacotes de figurinhas". O rosto do menino murchou como se tivesse acabado de descobrir que Papai Noel não existe. "Dois?" O pai nem olhou pra ele. O menino: "Só?". O pai olhou pra esposa e disse: "Um ou dois, mãe?". Ela respondeu: "Dois, vai". O pai foi enfático com o atendente: "Dois pacotes".

Eu estava com minha carteira na mão e a vontade que tive era de comprar todas as figurinhas da loja para aquele menino que acompanhava sua primeira Copa do Mundo, já que na anterior ele era pouco mais que um bebê. Mas eu não podia me intrometer na dinâmica daquela família, não podia desautorizar aquele pai, minha gentileza poderia ser encarada como uma humilhação para ele, então engoli em seco e fiquei lembrando da minha infância.

Todos os sábados à noite, eu e meu irmão dormíamos na casa de uma das avós. Um sábado na vó Iby, outro sábado na vó Zaíra. Sempre antes de nos deixar lá, o pai nos levava numa tabacaria de esquina e permitia que a gente escolhesse um gibi, além de comprar dez pacotes de figurinhas para o álbum que estivéssemos colecionando. Existia de tudo: álbum com fotos de bichos, de carros, de artistas de novela e muito álbum com jogador de futebol. Dez pacotes. Ah, e Mentex. Uma caixinha de Mentex para cada um. Era o grande momento da semana.

Minhas avós já faleceram, o que é triste, mas não é uma surpresa, ou teriam hoje mais de cem anos. Surpresa é ver que os álbuns de figurinha seguem vivos e com o mesmo prestígio. Uma das poucas tradições que se mantiveram inalteradas. Existem álbuns virtuais, claro, mas não são esses que empolgam, e sim os feitos de papel, comprados em bancas, com figuras vindas em pacotinhos, tudo igual como antes, e gerando a mesma ansiedade infantil, capaz de mobilizar meninos e meninas a se relacionarem de verdade, olho no olho, para promoverem as trocas.

Aliás, ansiedade não só infantil, como tenho acompanhado aqui em casa. Semana passada recebi a visita do meu afilhado, de cinco anos, que veio trocar figuras com a prima dele, minha filhinha de dezenove, que já está na faculdade. Vê-los os dois, sentados no sofá, trocando Nilmar por Robinho, e se excomungando pela falta de um Elano, me fez sorrir e pensar que o mundo tem salvação.

Tanto tem que aquela história da família na tabacaria não terminou. Aos 45 do segundo tempo, o pai fez um cafuné na cabeça do filho e disse: "Tô brincando. Moço, me dá dez pacotinhos". Não teria como descrever aqui o sorriso do menino, ainda que, por dentro, suspeito que ele quisesse matar o pai – no que eu apoiaria, porque não entendo quem gosta de torturar crianças a título de "brincadeira". Mas vá lá, foi um final feliz. Ainda bem que não me meti.

9 de junho de 2010

UM NAMORADO A ESSA ALTURA?

Quem é que tem namorado, namorada? Garotada. Antes de casar, de constituir família e cumprir com toda a formalidade, namora-se, e o verbo é de uma delícia de matar de inveja, namorar, experimentar, entrar em alfa, curtir, viajar, brigar, voltar, se vestir pra ele, se exibir pra ela, telefonar, enviar torpedos, dar presentinhos, apresentar mãe, pai, amigos, ocultar ex-ficantes, declarar-se, agarrar-se no cinema, não ter grana para morar junto, ausência dolorosa, ver-se de vez em quando, um dia tem faculdade, no outro se trabalha até mais tarde, quando então? Amanhã à noite, marca-se, aguarda-se. Namorados. Que fase.

Depois vem o casamento, os filhos, as bodas e aquela coisa toda. Dia dos namorados vira pretexto para mais um jantar num restaurante chique, onde se pagará uma nota pelo vinho. Depois dos 3.782 "te amo" já trocados, mais um, menos um, o coração já não se exalta. Deita-se na mesma cama, o colchão já afundado, transa-se no automático, renovam-se os votos e segue o baile, amanhã estaremos de novo juntos, e depois de amanhã, e depois de depois, até os cem anos. Casados. Bem casados.

Mas namorado, não. Namorar tem frescor, é amor estreado, o choro trancado no quarto, o presente comprado com uns míseros trocados, os porta-retratos, os malfadados bichinhos de pelúcia, as camisinhas e todos os cuidados, os "pra sempre" diariamente renovados, namorados. Cada qual no seu quadrado.

Pois outro dia vi uma mulher de 56 anos dar um depoimento engraçado. Disse ela: "Já fui casada, hoje tenho filhos adultos, um netinho e um namorado, e me sinto quase retardada. Difícil nessa idade dizer que o que se tem não é um marido, nem mesmo um amante. Que outro nome posso dar a esse homem que vejo três vezes por semana, que me deixa bilhetinhos apaixonados e me liga para dar boa noite quando não está ao meu lado?".

Minha senhora, é um namorado. Por mais fora de esquadro.

Como apresentá-lo, ela que já não usa minissaia, nem meia três quartos, e que já possui um imóvel quitado? Ele grisalho, ex-surfista, hoje meio alquebrado: um namorado?

Pois é o que se vê por aí: namorados de 47, 53, 62 anos, todos veteranos no papel de novatos. Começando tudo de novo, depois de tanto já terem quebrado os pratos. Eles, livres como pássaros. Elas, coração aos pulos, depilação em dia, sem tempo pros netos: vovó tem direito a uma volta ao passado.

O que poderia ser constrangedor agora é um fato. Namora-se antes do casamento, e depois. Com a vantagem de os namoros da meia-idade dispensarem ultimatos.

13 de junho de 2010

A VIDA SEM RODINHAS

Lembro que nos momentos importantes da infância, e também nos desimportantes, meu pai estava sempre a postos empunhando uma máquina fotográfica. A consequência? A cada gaveta que eu abro aqui em casa, saltam fotos diversas, sem contar as que estão confinadas em álbuns e porta-retratos. Dessas tantas, há uma pela qual tenho um carinho especial: é uma foto em que estou andando de bicicleta, aos cinco ou seis anos de idade. Naquele dia eu andei sem rodinhas pela primeira vez. Dei várias voltas sem cair, até que meu pai clicou o flagrante: a pirralha com a maior cara de vencedora, dona do campinho, se achando. Eu realmente estava degustando aquela vitória.

Se a foto tivesse legenda, seria: "Viu?".

As rodinhas são uma base protetora para iniciantes, uma segurança para quem ainda não tem domínio da coisa. Que coisa? Qualquer coisa. Me corrija se eu estiver errada: a gente usa rodinhas até hoje.

Quando se escreve um livro, por exemplo, as rodinhas são as cenas não inventadas, o sentimento de verdade, vivido, com o qual a gente ampara a ficção.

Quando se tem um filho, as rodinhas são a herança da educação que nossos pais nos deram, a parte hereditária que, mesmo questionada, sustenta nossas primeiras decisões.

Quando nos apaixonamos, as rodinhas são a repetição de certos clichês, a partilha dos nossos ideais e certezas, mesmo sabendo que em breve entraremos em terreno movediço, desconhecido.

Quando se aceita um emprego, as rodinhas são a nossa experiência anterior, o que facilita a arrancada, mas depois é preciso andar sozinho.

Sempre chega a hora de tirar as rodinhas. Medo e êxtase.

Viver sem elas torna tudo mais perigoso, vulnerável, e ao mesmo tempo, emocionante. Nos faz voltar a ser crianças: será que estou agindo certo, será que estou indo rápido demais, ou lento demais? Atenção: lento demais, cai.

É preciso saber viver sem um suporte contínuo para que se possa firmar o próprio caráter. Quem não sai da barra da saia da mãe nunca consegue se equilibrar sozinho. Quem não solta a mão do pai não vira homem.

Quando é que sabemos que estamos aptos a andar por nossa conta? Se o assunto é bicicleta, aos cinco, seis, sete, até aos dez anos, dependendo do ritmo e da estabilidade de cada um.

Quando se trata da vida, também depende. Mas usá-las para sempre nos impede de sentir o gostinho de conseguir, de vencer, de atingir nossos objetivos por mérito próprio.

Nos impede de provocar: "Viu?".

Nada nos dá tanto orgulho do que mostrar aos outros – e a nós mesmos – o quanto podemos.

20 de junho de 2010

LADY GAGÁ

Existe uma cantora com visual bizarro que, com apenas 24 anos, já vendeu 10 milhões de CDs e alcançou a marca impressionante de 180 milhões de visitas aos seus clipes no YouTube. Você sabe de quem estou falando, Lady Gaga, a original.

O que eu e ela temos em comum? Também ando ligeiramente bizarra, tanto que poderia adotar para mim o mesmo nome artístico, só que com acento agudo no último a. Lady Gagá.

Não saio por aí com uma lagosta na cabeça, como a referida popstar: minha única excentricidade é não saber mais quem é quem. Outro dia estava no super, prosaicamente empurrando meu carrinho de compras, quando uma moça simpática passou por mim em sentido contrário e disse: "Bom dia, vizinha". Respondi com o melhor bom dia que já ofereci a uma estranha, e não caí em prantos por uma questão de adequação, já que não convém chorar em supermercados, nem mesmo quando você não consegue mais ler os prazos de validade sem óculos. E tampouco com óculos.

Então ela morava no mesmo prédio que eu? Maravilha. Já devo tê-la encontrado uma dúzia de vezes no elevador, na garagem, na portaria, na reunião de condomínio, e não a reconheci. E ainda tenho a pretensão de que me julguem uma pessoa simpática.

Minhas amigas dizem que tenho que aceitar a realidade: sou considerada blasé por muitas pessoas, pois não as cumprimento na rua. E não adianta alegar que sou a pior fisionomista do globo terrestre, meus oponentes não querem saber de esclarecimentos. Só quem me conhece intimamente sabe que nasci com esse defeito de fabricação e me perdoa. E quem me conhece superficialmente não percebe nada e por isso não me acusa – até que me encontre pela segunda vez e eu não o cumprimente.

Sim, já me sugeriram a mesma solução que você talvez tenha pensado agora: então por que essa criatura não cumprimenta todo mundo? Se eu estivesse interessada em me candidatar a presidente, quem sabe.

Já escrevi sobre esse assunto e volto a ele para tentar um habeas corpus, qualquer coisa que amplie meu prazo de soltura, antes que a Interpol me capture e me extradite para meu planeta de origem. A verdade é que eu tenho deficiência para reconhecer pessoas fora do ambiente em que as conheci, então se jantei num restaurante com um casal pela primeira vez, só irei lembrar deles no mesmo restaurante, e nunca na saída do Beira-Rio, e se fui apresentada a algum editor durante um evento literário, a chance de eu reconhecê-lo num ponto de táxi é menos que zero, e, querida vizinha, fora do nosso elevador social eu estava em franca desvantagem, compreenda. Sabedores disso, sigam confiando na minha educação e simpatia, mesmo que eu aparente ser uma ratazana insensível. Tenham piedade dessa lady que já mal reconhece a si própria no espelho.

30 de junho de 2010

BEIJO EM PÉ

Uma vez almocei com duas amigas mineiras, ambas casadas há bastante tempo, veteranas em bodas de prata, e ainda bem felizes com seus respectivos. Falávamos das dificuldades e das alegrias dos relacionamentos longos. Até que uma delas fez uma observação curiosa. Disse ela que não tinha do que reclamar, porém sentia muita falta de beijo em pé.

Como assim, beijo em pé?

Depois de um tempo de convívio, explicou ela, o casal não troca mais um beijo apaixonado na cozinha, no corredor do apartamento, no meio de uma festa. É só bitoquinha quando chega em casa ou quando sai, mas beijo mesmo, "aquele", acontece apenas quando deitados, ao dar início às preliminares. Beijo avulso, de repente, sem promessa de sexo, ou seja, um beijaço em pé, esquece.

E rimos, claro, porque quem não se diverte perde a viagem.

Faz tempo que aconteceu essa conversa, mas até hoje lembro da Lucia (autora da tese) quando vejo um casal se beijando na pista de um show, no saguão de um aeroporto ou na beira da praia. Penso: olha ali o famoso beijo em pé da Lucia. Não devem ser casados. Se forem, chegaram ontem da lua de mel.

Há quem considere o beijo – não o selinho, o beijo! – uma manifestação muito íntima e imprópria para lugares públicos. Depende, depende. Não há regras rígidas sobre o assunto, tudo é uma questão de adequação. Saindo de um restaurante, abraçados, caminhando na rua em direção ao carro, você abre a porta para sua esposa (sim, sua esposa há uns bons vinte anos) e tasca-lhe um beijo antes que ela se acomode no assento. Por que não?

Porque ela vai querer coisa e você está cansado. Ai, não me diga que estou lendo seus pensamentos.

O beijo entre namorados, a qualquer momento do dia ou da noite, enquanto um lava a louça e o outro seca, por exemplo, é um ato de desejo instantâneo, uma afirmação do amor sem hora marcada. No entanto, o tempo passa, o casal se acomoda e o hábito cai no ridículo: imagina ficar se beijando assim, no mais, em plena segunda-feira, com tanto pepino pra resolver. Ninguém é mais criança.

Pode ser. Mas que delícia de criancice fez o goleiro Casillas ao interromper a entrevista da namorada e tascar-lhe um beijo sem aviso, um beijo emocionado, um beijo à vista do mundo, um beijo em pé. Naquele instante, suspiraram todas as garotas do planeta, e as nem tão garotas assim. E os homens se sentiram bem representados pela virilidade do campeão. Pois então: que repitam o gesto em casa, e não venham argumentar que não somos nenhuma Sara Carbonero que isso não é desculpa.

14 de julho de 2010

A FÉ DE UNS E DE OUTROS

Apoio que as pessoas se manifestem publicamente contra a violência urbana, contra os altos impostos que não são revertidos em benefícios sociais, contra a corrupção, contra a injustiça, contra o descaso com o meio ambiente, enfim, contra tudo o que prejudica o desenvolvimento da sociedade e o bem-estar pessoal de cada um. No entanto, tenho dificuldade de entender a mobilização, geralmente furiosa, contra escolhas particulares que não afetam em nada a vida de ninguém, a não ser os diretamente envolvidos, caso da legalização do casamento gay, que acaba de ser aprovado na Argentina.

Se dois homens ou duas mulheres desejam viver amparados por todos os direitos civis que um casal hétero dispõe, em que isso atrapalha a minha vida ou a sua? Estarão eles matando, roubando, praticando algum crime? No caso de poderem adotar crianças, seria mais saudável elas serem criadas em orfanatos do que num lar afetivo? Ou será que se está temendo que a legalização seja um estímulo para os indecisos? Ora, a homossexualidade faz parte da natureza humana, não é um passatempo, um modismo. É um fato: algumas pessoas se sentem atraídas – e se apaixonam – por parceiros do mesmo sexo. Acontece desde que o mundo é mundo. E se por acaso um filho ou neto nosso tiver essa mesma inclinação, é preferível que ele cresça numa sociedade que não o estigmatize. Ou é lenda que queremos o melhor para nossos filhos?

No entanto, o que a mim parece lógico não passa de um pântano para grande parcela da sociedade, principalmente para os católicos praticantes. Entendo e respeito o incômodo que sentem com a situação, que é contrária às diretrizes do Senhor, mas na minha santa inocência, ainda acredito que religião deveria servir apenas para promover o amor e a paz de espírito. Se for para promover a culpa e decretar que quem é diferente deve arder no fogo do inferno, então que conforto é esse que a religião promete? Não quero a vida eterna ao custo de subjugar quem nunca me fez mal. Prefiro vida com prazo delimitado, porém vivida em harmonia.

Sei que sou uma desastrada em tocar num assunto que deixa meio mundo alterado. Daqui a cinco minutos minha caixa de e-mails estará lotada de ataques, mas me concedam o direito ao idealismo, que estou tentando transmitir com a maior doçura possível: não há nada que faça com que a homossexualidade desapareça como um passe de mágica, ela é inerente a diversos seres humanos e um dia será aceita sem tanto conflito. Só por cima do seu cadáver? Será por cima do cadáver de todos nós, tenha certeza. Claro que ninguém precisa ser conivente com o que lhe choca, mas é mais produtivo batalhar pela erradicação do que torna nossa vida ruim do que se sentir ameaçado por um preconceito, que é algo tão abstrato.

Pode rir, mas acho que acredito mais em Deus do que muito cristão.

25 de julho de 2010

NASCI ASSIM, VOU MORRER ASSIM

Uma das provas irrefutáveis de que estou prestes a virar um fóssil é que assisti à novela *Gabriela*, em 1975, e lembro até hoje da famosa cena em que Sonia Braga se arrasta feito uma lagartixa por cima de um telhado de Ilhéus, para assombro do seu Nacib. Outro dia, numa dessas retrospectivas tipo vale a pena ver de novo, reprisaram a cena, enquanto se ouvia a trilha sonora que virou hit: "Eu nasci assim, eu cresci assim, eu vivi assim, vou ser sempre assim, Gabriéééééla".

Salve Dorival Caymmi, autor da letra, mas cá entre nós, hoje em dia Gabriela seria forte candidata a algumas sessões de psicanálise, porque só pode ser teimosia crônica essa mania de nascer assim, crescer assim, viver assim e, mais grave, ser sempre assim. Por mais que "assim" seja bom, é muito assim pra pouco assado.

Tenho uma amiga que é a última a sair dos encontros da nossa turma. Invariavelmente, a última. No entanto, dias atrás, nos reunimos e não eram nem 21h quando ela pegou sua bolsa e se despediu. Silêncio na sala. Está se sentindo mal? Não. Alguma coisa que dissemos te ofendeu? Não. Vai se encontrar com alguém? Não. Ela apenas sentiu vontade de voltar cedo pra casa em vez de, como de hábito, ficar para apagar a luz. Havia nascido assim, crescido assim, vivido assim, mas não precisava ser sempre assim.

Depois que ela se foi, ficamos especulando sobre o que a teria feito ir embora, sem aceitarmos a explicação trivial que ela deu: vontade. Como vontade? Desde quando alguém faz algo diferente por simples vontade? Muito suspeito.

É justamente para não alimentar desconfianças que tanta gente se algema aos seus preconceitos, aos gostos que cultiva há vinte anos, às manias executadas no automático e a amores que nem lhes satisfazem mais, tudo para que os outros não questionem sua integridade, já que se estabeleceu que quem muda é frívolo.

Se é isso mesmo, salvem os frívolos. Só não muda quem não se relaciona com o mundo, não passou por nenhuma experiência amorosa, por nenhuma frustração. Só não muda quem não consegue racionalizar sobre o que acontece a sua volta, não se interessa pela condição humana, não é curioso a respeito de si mesmo, não se permite ser atingido pela arte e pelo pensamento filosófico, em suma, só não muda quem está morto.

A vida não recompensa os amadores. No máximo, lhes dá uma vida tranquila, e isso nem sempre é uma graça divina. Gabriela era um personagem de ficção, e Caymmi, um poeta enaltecendo a pureza humana, que merece mesmo ser enaltecida em prosa e verso. Mas a pureza não precisa se defender o tempo inteiro contra a mudança. Pode-se migrar da pureza para o experimentalismo, sem perdas.

Minha amiga, naquela noite, dormiu cedo como há séculos não fazia, e eu, que costumo cabecear quando termina a novela, fui a última a sair, fiquei para apagar a luz. E ambas continuamos íntegras como sempre fomos.

4 de agosto de 2010

VOCABULÁRIO VINTAGE

Eu havia combinado de buscar minha filha na casa de uma amiga por volta das 18h. Pouco antes desse horário ela me ligou toda excitada dizendo que haviam resolvido assistir a um DVD e que alguém havia providenciado marshmallow com morangos e todas as outras gurias iriam ficar até mais tarde, então, mãe, mamãezinha, deixa eu ficar mais um pouco!!!

Respondi: "Tudo bem, me liga quando esse frege terminar".

Silêncio abissal do outro lado da linha. Minha filha recuperou seu tom de voz normal e respondeu um seco: "Tá, eu ligo". Parecia que tinha recebido a notícia da morte de um parente.

Assim que desliguei, não contive o riso. Frege! Minha filha deve ter ficado em estado de choque, que língua mamãe estar falando?

Na mesma hora lembrei de uma passagem do ótimo *Eles foram para Petrópolis,* livro que publica uma troca de correspondência virtual entre os jornalistas Ivan Lessa e Mario Sergio Conti. São textos eletrizantes, inventivos, inteligentes, que nos fazem matar a saudade de Paulo Francis, de quem os dois sempre foram amigos, aliás. Em certa passagem do livro, eles salientam ser "imprescindível tirar uma palavrinha lá da cozinha, dar uma limpada, um bom brilho e depois tacar na cristaleira da sala de jantar para as visitas admirarem". E concluem: "Uma gíria e um bordão podem e devem pedir o boné e se mandar. Uma palavra, não".

Concordo e dou fé (também tirando da cozinha uma expressão empoeirada). Sempre gostei de ver resgatadas algumas palavras antigas que, ao invés de denunciarem a decrepitude de quem as escreve, acabam por dar ao texto um ar vintage, que, como se sabe, é ultramoderno. Em vez de dizer que fulana ficou estressada, não é muito mais divertido dizer que ela teve um faniquito? Temos medo de bandidos, mas simpatizamos com os pilantras. E quem é aquela dando em cima do seu marido? Uma boa de uma bisca. Vá lá salvá-lo antes que a sirigaita o leve no bico. Antigamente as expressões eram mais leves, e leveza hoje é uma qualidade revolucionária.

Esgotado o tempo regulamentar, busquei minha filha na casa da amiga e vi que seu cotovelo estava esfolado. "O que aconteceu?", perguntei quando ela entrou no carro. "Nada de mais, mãe, levei um boléu." Não era caso pra achar graça, mas achei.

15 de agosto de 2010

EM QUE ESQUINA DOBREI ERRADO?

Aconteceu em Paris. Estava sozinha e tinha duas horas livres antes de chamar o táxi que me levaria ao aeroporto, de onde embarcaria de volta para o Brasil. Mala fechada, resolvi gastar esse par de horas caminhando até a Place des Vosges, que era perto do hotel. Depois de chuvas torrenciais, fazia sol na minha última manhã na cidade, então Place des Vosges, lá vou eu. E fui.

Sem um mapa à mão, tinha certeza de que acertaria o caminho, não era minha primeira vez na cidade. Mas por um desatino do meu senso de orientação, dobrei errado numa esquina. Em vez de ir para a esquerda, entrei à direita. Mais adiante, aí sim, virei à esquerda, mas não encontrei nenhuma referência do que desejava. Segui reto: estaria a Place des Vosges logo em frente? Mais umas quadras, esquerda de novo. Gozado, era por aqui, eu pensava. Não que fosse um sacrifício se perder em Paris, mas eu parecia estar mais longe do hotel do que era conveniente. Mais caminhada, e então, várias quadras adiantes, não foi a Place des Vosges que surgiu, e sim a Place de la République. Eu tinha atravessado uns três bairros de Paris, mon Dieu.

Perguntei a um morador o caminho mais curto para voltar à rua onde ficava meu hotel, e ele me apontou um táxi. Teimosa, pensei: ainda tenho um tempinho, voltarei a pé. E assim foram minhas duas últimas horas em Paris, uma estabanada andando às pressas, saltando as poças da noite anterior, olhando aflita para o relógio em vez de flanar como a cidade pede. Cheguei esbaforida no hotel, peguei minha mala e, por causa da correria, esqueci no hall de entrada uma gravura linda que havia comprado e que planejava trazer em mãos no voo. Tudo por causa de uma esquina que dobrei errado.

Foram apenas duas horas inúteis e cansativas, e duas horas não é nada na vida de ninguém. Mas quanta gente perde a vida que almejou por ter virado numa esquina que não conduzia a lugar algum?

Alguns desacertos pelo caminho fazem a gente perder três anos da nossa juventude, fazem a gente perder uma oportunidade profissional, fazem a gente perder um amor, fazem a gente perder uma chance de evoluir. Por desorientação, vamos parar no lado oposto de onde nos aguardava uma área de conforto, onde encontraríamos pessoas afetivas e uma felicidade não de cinema, mas real. Por sair em desatino sem a humildade de pedir informação a quem conhece bem o trajeto ou de consultar um mapa, gastamos sola de sapato à toa e um tempo que ninguém tem para esbanjar. Se a vida fosse férias em Paris, perder-se poderia resultar apenas numa aventura, mesmo com o risco de o avião partir sem nós. Mas a vida não é férias em Paris, e aí um dia a gente se olha no espelho e enxerga um rosto envelhecido e amargurado, um rosto de quem não realizou o que desejava, não alcançou suas metas, perdeu o rumo: não consegue voltar para o início, para os seus amores, para as suas verdades, para o que deixou para trás. Não existe GPS que assegure se estamos no caminho certo. Só nos resta prestar mais atenção.

29 de agosto de 2010

AI DE NÓS, QUEM MANDOU?

Mulheres ganham salários menores que os dos homens, e líderes feministas seguem lutando para reverter essa injustiça. Mas já não sei se é boa ideia continuar batalhando por igualdade. Depois de ler o resultado de uma recente pesquisa feita pela Universidade de Harvard, fiquei inclinada a pensar que talvez seja melhor manter as coisas como estão. A pesquisa chama-se *Schooling Can't Buy Me Love* (*Escolaridade não pode me comprar amor*) e confirma que quanto mais as mulheres estudam, mais elas progridem. Porém, quanto mais bem-sucedidas, menores as chances de casar. Os homens ainda não estão preparados para abrir mão da superioridade que o papel de provedor lhes confere. E mesmo os mais antenados, que apoiam que suas mulheres sejam independentes, ficam inseguros se elas tiverem cargos de chefia e muita visibilidade. Ganhar dinheiro, tudo bem, mas aparecer mais do que eles já é desaforo.

Beleza. O que vamos dizer para nossas filhas? Estudem, mas fazer doutorado e mestrado é exagero, antes um bom curso de culinária. Tenham opiniões próprias quando conversarem com as amigas, mas em casa digam apenas "ahã" para não se incomodar. Usem seu dinheiro para comprar roupas, pulseiras e esmaltes, esqueçam o investimento em viagens, teatro e livros. E na hora de se declararem, troquem o "eu te amo" por "eu preciso de você", "eu não sou ninguém sem você", "eu não valho meio quilo de alcatra sem você". Homens querem se sentir necessários. Amados, só, não serve.

Que encrenca que as feministas nos arranjaram. Estimularam o pensamento livre, a autoestima, a produtividade e a alegria de trilhar um caminho condizente com nosso potencial. De apêndices dos nossos pais e maridos, passamos a ter um nome próprio e uma vida própria, e acreditamos que isso seria excelente para todos os envolvidos, afinal, os sentimentos ficaram mais honestos, e com eles os relacionamentos. O amor deixou de ser o álibi para um lucrativo arranjo social. Passou a ser mais espontâneo, e as carências de homens e mulheres foram unificadas, já que todos precisam uns dos outros para dividir angústias, trocar carinho, pedir apoio, confessar fraquezas, unir forças no momento das dificuldades. Todos se precisam da mesma forma, não de formas distintas. Mas há quem defenda que homem só precisa de paparico e mulher de quem tome conta dela, e basta.

Nunca imaginei que em 2010 ainda estaria escrevendo sobre isso. Achei que os homens já tivessem percebido o quanto ganham em ter uma mulher inteira a seu lado, e não um bibelô. Acreditei que a competitividade tivesse dado lugar a um companheirismo mais saudável e excitante, onde todos pudessem se orgulhar dos seus avanços e se apoiar nas quedas, mas que iludida: isso não existe, filha. Essas mulheres aí que não cozinham, não passam, não lavam, que só evoluem, essas não são exemplo pra ninguém, são umas coitadas de umas infelizes que pagam as contas e ainda se acham divertidas, se fazem de inteligentes, querem bater perna em Nova York, pois vão arder no fogo do inferno, vão amargar na solidão, vão morrer abraçadas nos seus laptops, aqui se faz, aqui se paga, pode escrever.

Tamo ferrada.

12 de setembro de 2010

NA TERRA DO SE

Se quem luta por um mundo melhor soubesse que toda revolução começa por revolucionar antes a si próprio.

Se aqueles que vivem intoxicando sua família e seus amigos com reclamações fechassem um pouco a boca e abrissem suas cabeças, reconhecendo que são responsáveis por tudo o que lhes acontece.

Se as diferenças fossem aceitas naturalmente e só nos defendêssemos contra quem nos faz mal.

Se todas as religiões fossem fiéis a seus preceitos, enaltecendo apenas o amor e a paz, sem se envolver com as escolhas particulares de seus devotos.

Se a gente percebesse que tudo o que é feito em nome do amor (e isso não inclui o ciúme e a posse) tem 100% de chance de gerar boas reações e resultados positivos.

Se as pessoas fossem seguras o suficiente para tolerar opiniões contrárias às suas sem precisar agredir e despejar sua raiva.

Se fôssemos mais divertidos para nos vestir e mobiliar nossa casa, e menos reféns de convencionalismos.

Se não tivéssemos tanto medo da solidão e não fizéssemos tanta besteira para evitá-la.

Se todos lessem bons livros.

Se as pessoas soubessem que quase sempre vale mais a pena gastar dinheiro com coisas que não vão para dentro dos armários, como viagens, filmes e festas para celebrar a vida.

Se valorizássemos o cachorro-quente tanto quanto o caviar.

Se mudássemos o foco e concluíssemos que infelicidade não existe, o que existe são apenas momentos infelizes.

Se percebêssemos a diferença entre ter uma vida sensacional e uma vida sensacionalista.

Se acreditássemos que uma pessoa é sempre mais valiosa do que uma instituição: é a instituição que deve servir a ela, e não o contrário.

Se quem não tem bom humor reconhecesse sua falta e fizesse dessa busca a mais importante da sua vida.

Se as pessoas não se manifestassem agressivamente contra tudo só para tentar provar que são inteligentes.

Se em vez de lutar para não envelhecer, lutássemos para não emburrecer.

Se.

19 de setembro de 2010

ATRAÇÃO PELO APOCALIPSE

Faz um tempo que estou querendo falar sobre isso, mas não sabia como, e pra falar a verdade ainda não sei. Tem a ver com a expressão "todo mundo". Quem é esse tal de "todo mundo"? Todo mundo está obcecado por sexo, todo mundo só dá valor ao dinheiro, todo mundo está deprimido e finge que é feliz. Será mesmo que a gente – eu, você, nós todos, todo mundo – caiu nessa cilada de viver de aparências?

Temos essa mania de generalizar, de passar adiante coisas que escutamos aqui e ali, de reforçar um pensamento que não é tão universal assim. Eu mesma, às vezes, coloco tudo no mesmo saco para justificar uma ideia, mas façamos uma investigação mais minuciosa: todas as mulheres que você conhece são obcecadas por rejuvenescimento, vivem aplicando toxinas no rosto, não possuem nenhuma vida interior, nadinha? Inteligência zero? Convivo com muitas mulheres cultas e inteligentes que são vaidosas com parcimônia e que não se rendem a métodos violentos para fingirem ser mais jovens do que são. E com homens igualmente cultos e inteligentes que são viris sem serem cafajestes. Esse "todo mundo" é uma fraude. Ainda é grande o número de pessoas que não perdeu os critérios, que resiste em entrar para as estatísticas dos sem noção e dos sem personalidade.

O que eu estou querendo dizer, caso ainda não tenha ficado claro, é que tem muita gente por aí que privilegia as coisas simples e naturais, que não faz plástica como quem faz depilação, que não transa com qualquer um só para ser moderno. Tem muita gente que não investe todo seu salário em grifes, tem muita gente que nunca foi entrevistada, nem consultada, nem faz parte dessas estatísticas duvidosas que dizem que está "todo mundo" considerando que ser bonito e sarado é o passaporte para a felicidade. Programas de tevê, imprensa sensacionalista, novelas, tudo isso diverte, mas nem sempre é uma amostra fidedigna do universo. Representam uma pequena parcela da sociedade que se sustenta no egocentrismo, porém por trás dos holofotes há uma imensidão de pessoas livres de pressões estéticas. O verdadeiro "todo mundo" é amplo, imenso. Não se reduz a criaturas que dizem amém a meia dúzia de regrinhas de revista, que seguem padrões estereotipados para se sentirem alguém. A autenticidade morreu? Morreu nada. Me recuso a acreditar que está todo mundo burro. Não estou idealizando uma sociedade heterogênea: ela *é* heterogênea de fato. Chega de insistir nessa ideia de que todos são fúteis, que a sociedade apodreceu. Há muita gente por aí, uma infinidade de cabeças boas que curtem um pôr do sol, que estão se lixando para prazeres falsificados e que valorizam a paz de espírito antes de qualquer coisa. Chega desses desenganos públicos que viram pauta jornalística, chega desse apocalipse moral vendido como regra. Há muitos estúpidos entre nós, mas eles ainda não são "todo mundo".

31 de outubro de 2010

UM UNIVERSO CHAMADO AEROPORTO

Ainda não me decidi sobre o que sinto a respeito de aeroportos. Atualmente me provocam impaciência e cansaço, mas afora os momentos de stress causados por atrasos, eles também exercem sobre mim um certo fascínio. E eu não devo ser a única, caso contrário o escritor Alain de Botton não teria aceito a proposta que lhe fizeram de passar uma semana morando em Heathrow, principal aeroporto de Londres, para escrever um livro sobre o assunto.

O livro traz muitas fotos e alguns comentários sobre esse microcosmo que serve de cenário para despedidas, reencontros, esperas, angústias e êxtases. Não é leitura obrigatória, longe disso. Há uma certa encheção de linguiça, como todo livro encomendado, mas ele desperta em nós um olhar mais atento sobre o que se passa nos terminais aéreos.

Todo mundo tem uma história de aeroporto pra contar. Eu tenho algumas que até já transformei em crônicas, como da vez em que um cidadão quase sentou em cima do meu colo na sala de embarque, me revelando um poder que eu desconhecia que tinha, o da invisibilidade. Ou da minha surpresa ao ver que alguns executivos costumam ter dificuldade de se separar de seus travesseiros, levando-os embaixo do braço quando partem para suas reuniões em São Paulo. Já vi um adolescente tentar abrir a porta da aeronave em pleno voo – eu sei que não há como ter sucesso na empreitada, mas não queira assistir a cena. Já passei pela desolação de ver todas as bagagens serem retiradas da esteira e a minha não chegar, me obrigando a ir para um hotel em Barcelona só com a roupa do corpo. E nunca esqueci de quando eu estava aguardando a chamada de um voo justamente em Heathrow, quando um cavalheiro vagamente familiar sentou ao meu lado. Harrison Ford, apenas. Por que não foi ele que tentou sentar no meu colo é algo que a Justiça divina ainda tem que me explicar.

Bom, esses casos estariam no *meu* livro sobre aeroportos, caso eu tivesse escrito um. No de Alain de Botton, o que mais curti foi a parte em que ele fala sobre como nos sentimos ao ser revistados. Abrir a bagagem, descalçar os sapatos, tirar o cinto, passar pelo detector de metais, tudo isso gera em nós uma inexplicável sensação de culpa, por mais inocentes que sejamos. Comigo, ao menos, se confirma. Se a averiguação é lenta, começo a suar frio e fico aguardando o momento em que encontrarão armas ou drogas nos meus pertences, e quando o meu passaporte é aberto na folha onde está minha foto, adoto minha melhor cara de terrorista e torço para que o policial não perceba que o documento é falso. Porém, desprezando toda minha ansiedade, ele carimba e me deixa passar, sem reparar que aquela da foto não parece comigo. No fundo, o fascínio talvez seja este: quando viajamos, nunca parecemos muito conosco. Aeroportos nada mais são que embaixadas do nosso estrangeirismo latente.

7 de novembro de 2010

CONTIGO E SENTIGO

Sabemos como foi uma paixão pelo modo como ela termina. A maneira como se coloca o ponto final nas relações deixa evidente o verdadeiro espírito que norteou o que foi vivido.

Que tipo de final desejamos? De preferência, nenhum. Todo mundo quer um amor para sempre, desde que ele se mantenha estimulante, surpreendente, alegre, à prova de tédio. Ou seja, um amor miraculoso. Como milagre é do departamento das coisas impossíveis, é natural que as relações durem alguns anos ou muitos anos, e depois acabem. Lei da vida. Sofre-se o diabo, mas raros são aqueles homens e mulheres que nunca passaram por isso. O que fazer para amenizar a dor? Talvez ajude se analisarmos o final para entender como foi o durante.

Há os finais chamados civilizados. Ambos os envolvidos percebem o desgaste do relacionamento, conversam sobre isso, tentam mais um pouco, conversam novamente, arrastam a história mais uns meses, veem que nada está melhorando, aguardam passar o Natal e o Ano-Novo, fazem uma última tentativa e então decidem: fim. Lógico que é dilacerante. Não é nada fácil fazer uma mala, dividir os pertences e estipular visitas aos filhos, quando há filhos. A solidão espreita e assusta, e um restinho de dúvida sempre surge na hora do abraço de despedida. Mas foi um the end sem derramamento de sangue. Como conseguiram a façanha?

Provavelmente porque sempre escutaram um ao outro, porque não fizeram da relação um campo minado, porque as brigas eram exceções e não regra. É possível também que a relação fosse mais racional do que animal: ternura é bem diferente de paixão. Mas, enfim, mesmo sofrendo com a ruptura, deram a ela um fim digno, condizente com o que de bacana viveram juntos.

Agora vamos ao outro tipo de separação. Tire as crianças da sala.

A relação acaba geralmente depois de um ataque de ofensas, de uns "não aguento mais", de muita choradeira, de cortes na alma, de desconstrução total, de confissões gritadas: "Quer saber? Eu fiquei com ela, sim!". Garanto que se amam mais do que aquele casal que se separou assepticamente, mas perderam toda a paciência um com o outro, e também todo o respeito, e atingiram um limite difícil de transpor. Por que, depois desse quebra-quebra, não tentam um papo conciliador? Ora, porque não fazem a mínima ideia do que seja isso. Sempre foram atormentados pelo ciúme, pelas implicâncias diárias, pelas oscilações de humor, pela alternância de "te amo" e "te odeio". Terminam falando mal um do outro para quem quiser ouvir, e não raro aprontam umas vingançazinhas. Tudo muito, muito longe do sublime.

Tive um vizinho de porta que gritava com a namorada ao telefone, sem se importar que o prédio inteiro ouvisse: "Não sei o que fazer! Fico mal contigo e fico mal sentigo!". Sempre achei essa situação desoladora, e nem estou falando do português do sujeito. É duro ter apenas duas alternativas (ficar ou ir embora) e ambas serem terríveis.

Quando acaba docemente, é sinal de que você foi feliz e nada há para se lamentar. Se acaba de forma azeda, é porque a relação era mesmo uma neura e tampouco se deve lamentar. Nos dois casos, a performance final ao menos ajuda a compreender o que foi vivido e a se preparar para um novo amor que não acabe nunca. Em tese.

14 de novembro de 2010

DEPOIS SE VÊ

Chuva. Nada mais ancestral. Muita água, pouca água, não importa: choverá. Em vários períodos do ano, mais forte, mais fraco: choverá. Em São Paulo, Minas, Rio, Florianópolis. E também na Alemanha, na Nova Zelândia, no Peru. Choveu nos anos 40, chove em 2011, choverá em 2068. Passado, presente e futuro sob uma única nuvem. Só que o país do futuro não pensa no futuro. Somos totalmente refratários à prevenção.

Tudo o que nos acontece de ruim provoca uma chiadeira, vira escândalo nacional – mas depois. Ficamos estarrecidos, mas depois. O antes é um período de tempo que não existe. Investir dinheiro para evitar o que ainda não aconteceu nos soa como panaquice. Se está tudo bem até às 14h30 dessa quarta-feira, por que acreditar que às 14h31 tudo pode mudar? E então não se investe em hospitais até que alguém morra no corredor, não se policia uma rua até que duas adolescentes sejam estupradas, não se contrata salva-vidas até que meia dúzia morra afogada. Somos os reis em tapar buracos, os bambambãs em varrer para debaixo do tapete, os retardatários de todas as corridas rumo ao desenvolvimento. Não prevemos nada. Adoramos os astrólogos, mas odiamos pesquisa. Consideramos estupidez gastar dinheiro com tragédias que ainda estão em perspectiva. Só o erro consolidado retém nossa atenção.

A gente se entope de açúcar, não usa fio dental e depois vai tratar a cárie, se sentindo privilegiado por poder pagar um dentista. A gente aplaude a arrogância dos filhos e depois vai pagar a fiança na delegacia. A gente fuma três maços por dia e depois processa a indústria tabagista. A gente corre na estrada a 140km/h, ultrapassa em faixa contínua e depois suborna o guarda, na melhor das hipóteses. Ou então morre, ou mata – na pior delas.

A gente vota em corrupto, depois desdenha da política em mesa de bar. A gente joga lixo no meio fio, depois se surpreende em ter a rua alagada. A gente se expõe em todas as redes sociais, depois esbraveja contra os que invadiram nossa privacidade.

Precisamos de transporte público de qualidade, mas só depois de sediar a Copa do Mundo. A sociedade reclama por profissionais mais gabaritados, mas ninguém investe em professores e em universidades. E os donos de estabelecimentos comerciais só irão se dar conta de que estão perdendo dinheiro quando descobrirem os pangarés que contrataram para atender seus clientes. Treinamento, nem pensar. Se precisar mesmo, depois.

Precisamos mesmo. De tudo. Só que antes.

26 de janeiro de 2011

LÚCIFER NO FASANO

Eu estava hospedada na minha avó, em Torres. Era verão de 1993. Estávamos só nós em casa naquele fim de tarde. Ela, com a autoridade de seus mais de oitenta anos, chamou a moça que trabalhava pra ela, a Zaimara, abriu a carteira, tirou uma nota de dez reais e pediu: vai lá no Bazar Praiano e me traz uma revista *Caras*, por favor.

– Revista o quê?

– *Caras.* É o primeiro número.

Minha vó, muito antenada, sabia que uma nova revista estava estreando no mercado. Uma revista que trazia apenas notícias de celebridades, e quis conferir. Eu já conhecia as versões latino-americanas e não me empolguei muito. Quando a Zaimara voltou com a revista (já lida de cabo a rabo), minha vó folheou uma página, outra página, mais uma, e sentenciou: "O que eu pensei. Porcaria".

Tarde da noite levantei para pegar um copo d'água e vi luz embaixo da porta do quarto da minha vó. Como não havia televisão ali dentro, e muito menos um marido, concluí que ela estaria dando uma segunda e longa espiada na porcaria. Quem resiste?

O lançamento da revista *Caras* foi um divisor de águas. Competente em mostrar o dia a dia (e a noite adentro) de qualquer pessoa que tenha tido seus quinze minutos de holofote, a revista sedimentou a profissão dos paparazzi e modificou a relação do público com seus ídolos. Se antes alguém era reconhecido por seu talento em atuar, cantar ou desfilar, agora era reconhecido pelo número de separações, pelo tamanho do biquíni e pelas viagens a castelos onde se janta em traje de gala e se faz piqueniques usando duas camadas de maquiagem. Nunca a cafonice foi tratada com tanto glamour.

Não desprezo a revista, na qual já apareci uma ou duas vezes – nunca tomando champanhe dentro da banheira e tampouco deitada sobre um tapete de zebra vestindo um longo de cetim vermelho, digo em minha defesa. Escritora aparece no máximo com uma xícara de café em frente ao computador.

O que acontece é que depois da *Caras* veio a *Quem* e tantas outras, e também alguns programas de tevê especializados em fofoca, e de repente a banalização da privacidade ganhou um espaço sem precedentes. Celebridade, que podia ser uma palavra definidora de alguém notável, passou a designar qualquer um. E qualquer um fazendo revelações constrangedoras e vulgares, desfrutando de uma fama meteórica e provocando um deslumbramento patético nos simples mortais. Aquela ali é a Ariadna? É a Geisy? Uma é a transexual que ficou uma semana na casa do Big Brother, a outra foi discriminada por usar minissaia na faculdade, é o currículo profissional delas. Causam o mesmo alvoroço que Demi Moore e Ashton Kutcher, que por sua vez causam o mesmo frisson que o pai do Michael Jackson, que é tão famoso quanto o blogueiro que surgiu ontem no YouTube. Se Lúcifer saísse do inferno para dar uma banda por aqui, teria mesa cativa no Fasano.

Ao perdermos os critérios de quem realmente merece destaque, só o que se destaca é nossa pobreza cultural.

2 de fevereiro de 2011

INTOXICADOS PELO EU

Outro dia acordei com uma espécie de ressaca existencial, sentindo necessidade de me desintoxicar, e era óbvio que o alívio não viria com um simples gole de Coca-Cola. Precisava, antes de tudo, descobrir o que é que estava me pesando, e logo percebi que não era excesso de álcool, nem de cigarros, nem de noitadas, os bodes expiatórios clássicos do mal-estar, e sim excesso de mim.

Desconfio que já tenha acontecido com você também: de vez em quando, sentir os efeitos da overdose da própria presença. Desde que nascemos, somos condenados a um convívio inescapável com a gente mesmo. Quando penso na quantidade de tempo que estou presa a essa relação, fico pasma de como consegui suportar tamanho grude. Eu e eu, dia e noite, no único relacionamento que é verdadeiramente pra sempre.

Ando escutando uma banda uruguaia chamada *Cuarteto de Nos*, cujas canções possuem letras divertidas e sarcásticas, entre elas, "Me amo", uma crítica bem-humorada a essa era narcisista que estamos vivendo. O personagem da música não ouve ninguém e não consegue imaginar como seria o mundo sem a sua presença. Tem muitas garotas, porém nenhuma é digna dele. Está muito bem acompanhado a sós. "Soy mi pareja perfecta."

Intoxicação talvez seja isso: considerarmos que somos um par. Só que no meu caso, sou um par em conflito. Um eu que deseja fugir e outro eu que deseja ficar. Um eu que sofre e outro eu que disfarça. Um eu que pensa de uma forma e outro eu que discorda. Um eu que gosta de estar sozinho e outro eu que precisa amar. Nada de pareja perfecta, e sim caótica.

Uma relação tranquila consigo mesmo talvez passe pela conscientização de que não devemos dar tanto ouvido às nossas vozes internas e que mais vale nos reconhecermos ímpares e imperfeitos por natureza. A vida só se tornará mais leve e divertida se pararmos de nos autoconsumir com tanta ganância e darmos uma olhadinha para fora. A gente perde muito tempo pensando na nossa imagem, no nosso futuro, nos nossos problemas, nas nossas vitórias, no nosso umbigo. Até que um dia acordamos asfixiados, enjoados, sem ânimo e sem paciência para continuar sustentando a pose, correspondendo às expectativas, buscando metas irreais, vivendo de frente pro espelho e de costas pro mundo.

É a era do egocentrismo, somos vítimas de um encantamento por nós mesmos, mas, como toda relação, essa também desgasta. Fazer o quê? Esquecer um pouco de quem se é, esquecer da primeira pessoa do singular, das nossas existências isoladas, e pensar mais no que representamos todos juntos. Ando cansada de tantos eus, inclusive do meu.

20 de fevereiro de 2011

A PERCA

Da série "só acontece comigo": estava parada num sinal da avenida Ipiranga quando um carro encostou ao lado do meu. A motorista abriu a janela e pediu para eu abrir a minha. Era uma moça simpática que me perguntou: "Martha, o certo é dizer perda ou perca?".

"Hãn?"

"É perda de tempo ou perca de tempo? Como se diz?"

A pergunta era tão inusitada para a hora e o local, tão surpreendente, vinda de alguém que eu não conhecia, que me deu um branco: por um milésimo de segundo eu não soube o que responder. Perca de tempo, isso existe? Então o sinal abriu, os carros da frente começaram a engatar a primeira, eu olhei para ela e disse: "É perda de tempo".

Ela sorriu em agradecimento e foi em frente. Meu carro ainda ficou um tempo parado. Eu parada no tempo. Perca de tempo.

Dei uma risada e segui meu rumo também.

Se alguém te diz "não perca tempo", e todos te dizem isso o tempo todo, como não confundir o verbo com o substantivo? Tantos confundem. São coagidos a tal.

E, cá entre nós, a "perca" parece mais amena do que a perda.

A perca de um amor é quase tão corriqueira como a perca do capítulo da novela. A perca é feira livre. A perca é festiva. A perca é música popular.

Já a perda é sinfonia de Beethoven.

A perca acontece no verão. A perca de uma cadeirinha de praia, a perca de um palito premiado de picolé.

As perdas acontecem no inverno.

A perca é simplória, a perca é distraída, a perca é provisória, logo, logo reencontrarão o que está faltando.

A perda é pára sempre.

As percas reinventam o vocabulário e seu sentido, não são graves, as percas são imperfeições perdoáveis, as percas são inocentes.

As perdas são catastróficas, nada têm de folclóricas.

A perca é um erro gramatical, e apenas esse erro ela contém. De resto, não faz mal a ninguém.

A perda é um acerto gramatical, mas só esse acerto ela contém. De resto, é brutal.

Se eu pudesse voltar no tempo, reconstituiria a cena de outra forma:

"Martha, é perda de tempo ou perca de tempo? Como é que se diz?"

"O correto é dizer perda, mas é muito solene. Perca dói menos por ser mais trivial."

9 de março de 2011

DIVERSÃO DE ADULTO

Uma leitora que assistiu a entrevista que dei recentemente para Marília Gabriela diz não ter entendido eu ter sido enfática sobre a importância de se valorizar a diversão num relacionamento, já que no primeiro bloco eu afirmei que não era de balada e preferia encontros mais privados. A ela, isso soou como uma contradição.

A leitora, que vou chamar de Carmem, não disse a idade, mas deduzi que ainda estivesse naquela fase em que diversão é sinônimo de festa – uns dezenove anos, no máximo. Em tempo: eu gosto de festa. Um aniversário, um casamento, uma comemoração especial. Uma aqui, outra acolá, com algum espaçamento entre elas. Gosto.

Só que, quando falei em diversão, Carmem, falei antes de tudo num estado de espírito. Existe uma frase ótima, que não lembro de quem é, que diz que rir não é uma forma de desprezar a vida, e sim de homenageá-la. Mas atenção pra sutileza: isso não significa passar os dias feito uma boba alegre, dando bom dia pra poste. Trata-se de rir por dentro. De achar graça nas coisas. Mesmo as que não dão muito certo. A essa altura você já deve ter descoberto que nem tudo dá certo.

Parece um insulto falar de diversão com quem, aos dezenove anos, deve ser expert no assunto, mas minha tese de mestrado, se eu tivesse que defender uma, seria: gente madura é que sabe se divertir. A verdadeira liberdade está em já ter feito vestibular, já ter terminado a faculdade, já ter casado, já ter tido filhos, já ter conquistado estabilidade profissional, já ter separado (é facultativo) e, surpreendentemente, ainda não ter virado um fóssil. Com o resto de vida que se tem pela frente, sem precisar provar mais nada pra ninguém, muito menos pra si mesmo, é hora de arrumar a mochila e conhecer lugares que você sempre sonhou conhecer (Fernando de Noronha, quem sabe) e alguns que você nunca imaginou colocar os pés (Mongólia, digamos). Aprender um idioma só pela paixão por sua sonoridade: italiano, claro. Aprender a jogar pôquer ou ter umas aulas de sinuca. Aprender a cozinhar. Caso já saiba, aprender a cozinhar com intenção de abrir um restaurante um dia.

Você deve estar se perguntando: isso diverte um relacionamento? Ô.

Óbvio que é preciso trabalhar feito um escravo para custear toda essa programação, mas nada melhor para um casal do que se manter ocupado em seus ofícios e depois realizar juntos atividades desestressantes e hiperprazerosas, que deixarão ambos mais leves e, não duvide, mais jovens.

Carmem, se divertir é dormir cedo, acordar cedo, trabalhar, suar e arriscar. Pareço louca? Se divertir é isso também, enlouquecer. Festa é bom de vez em quando. E festa toda noite é coisa de gente triste. A vida mundana, ela mesma, é que tem que ser uma farra diária.

20 de março de 2011

VETERANOS DE GUERRA

Outro dia li o comentário de alguém que dizia que o casamento é uma armadilha: fácil de entrar e difícil de sair. Como na guerra.

Aí fiquei lembrando dos desfiles de veteranos de guerra que a gente vê em filmes americanos, homens uniformizados em suas cadeiras de roda apresentando suas medalhas e também suas amputações. Se o amor e a guerra se assemelham, poderíamos imaginar também um desfile de mulheres sobreviventes desse embate no qual todo mundo quer entrar e poucos conseguem sair – ilesos. Não se perde uma perna ou braço, mas muitos perdem o juízo e alguns até a fé.

Depois de uma certa idade, somos todos veteranos de alguma relação amorosa que deixou cicatrizes. Todos. Há inclusive os que trazem marcas imperceptíveis a olho nu, pois não são sobreviventes do que lhes aconteceu, e sim do que *não* lhes aconteceu: sobreviveram à irrealização de seus sonhos, que é algo que machuca muito mais. São os veteranos da solidão.

Há aqueles que viveram um amor de juventude que terminou cedo demais, seja por pressa, inexperiência ou imaturidade. Casam-se, depois, com outra pessoa, constituem família e são felizes, mas dói uma ausência do passado, aquela pequena batalha perdida.

Há os que amaram uma vez em silêncio, sem se declarar, e trazem dentro do peito essa granada que não foi detonada. Há os que se declararam e foram rejeitados, e a granada estraçalhou tudo por dentro, mesmo que ninguém tenha notado. E há os que viveram amores ardentes, explosivos, computando vitórias e derrotas diárias: saem com talhos na alma, porém mais fortes do que antes.

Há os que preferem não se arriscar: mantêm-se na mesma trincheira sem se mover, escondidos da guerra, mas ela os alcança, sorrateira, e lhes apresenta um espelho para que vejam suas rugas e seu olhar opaco, as marcas precoces que surgem nos que, por medo de se ferir, optaram por não viver.

Há os que têm a sorte de um amor tranquilo: foram convocados para serem os enfermeiros do acampamento, os motoristas da tropa, estão ali para servir e não para brigar na linha de frente, e sobrevivem sem nem uma unha quebrada, mas desfilam mesmo assim, vitoriosos, porque foram imprescindíveis ao limpar o sangue dos outros.

Há os que sofrem quando a guerra acaba, pois ao menos tinham um ideal, e agora não sabem o que fazer com um futuro de paz.

Há os que se apaixonam por seus inimigos. A esses, o céu e o inferno estão prometidos.

E há os que não resistem até o final da história: morrem durante a luta e viram memória.

Todos são convocados quando jovens. Mas é no desfile final que se saberá quem conquistou medalhas por bravura e conseguiu, em meio ao caos, às neuras e às mutilações, manter o coração ainda batendo.

3 de abril de 2011

DINOS

É um mundo estranho, esse. De repente, começaram a ser apresentados fósseis de animais pré-históricos descobertos recentemente no Rio Grande do Sul. Parece até coisa de novela. Primeiro foram as ossadas encontradas em São Gabriel, agora as de Dona Francisca. E eu que achava que os nossos mais antigos ancestrais fossem os açorianos. Pois soube agora que tivemos *tiarajudens* e *decuriasuchus* residentes. Tivemos, e ainda temos.

Estou só esperando tocarem a campainha aqui de casa. Posso imaginar os paleontólogos entrando com suas escovinhas e pás, buscando embaixo do meu porcelanato algum resíduo de esqueleto. "Soubemos que dinossauros habitaram esse pedaço de chão milhões de anos atrás, exatamente aqui, onde a senhora vive". E eu responderei muito circunspecta: "Habitaram, não. Habita ainda. Muito prazer".

Sou uma dinossaura gaúcha.

Outro dia, num encontro entre amigas, me xingaram por não estar no Facebook. Em vez de uma liberdade de escolha, consideraram minha ausência uma afronta. Não estar no Facebook significa que você é uma esnobe com mania de ser diferente. Mas não é nada disso, tenho um bom argumento de defesa: é que me sinto obrigada a dar retorno a todos os contatos que recebo e, se entrar no Facebook, somando os e-mails que recebo (sim, e-mails – é condizente com minha espécie) não terei paz. Sou uma dinossaura. Relevem.

Eu ainda uso aparelho celular com teclas. Poderia ter um iPad, um tablet ou qualquer outro equipamento de última geração lançado dois minutos atrás, mas gosto do meu telefone simplificado, que só serve para fazer e receber chamadas e torpedos (eu ainda chamo de torpedo, e não de SMS). Não leio mensagens fora de casa. Dinossaura.

Recentemente me convocaram para entrevistar a atriz Patricia Pillar. A revista que me contratou me ofereceu um gravador. Aceitei. E pedi: não esqueçam de mandar as fitas! É um mistério terem mantido a missão que me confiaram. Gravador digital era coisa que eu ainda não tinha manuseado. Poderia ter gravado a conversa pelo celular também. Mas vocês sabem: não se extraem os resíduos paleolíticos do DNA assim, no mais.

Outro dia contei pro escritor Fabricio Carpinejar que, quando estou no escuro do cinema, durante a projeção, costumo anotar nas folhas do talão de cheque as frases que me tocam durante o filme. Ele ficou bege. "Tu usa cheque???"

E ainda acredito no amor. Podem me empalhar.

6 de abril de 2011

O QUE A VIDA OFERECE

Conversando outro dia com um senhor saudosista, ele me contou que, quando sua filha tinha uns dez anos de idade, ele costumava pegá-la pela mão e propunha: "Vamos dar uma volta na rua pra ver o que a vida oferece".

Tanta gente aí esperando ansiosamente para ver o que a vida oferece, só que não sai de casa, e quando sai, não tem o olhar curioso nem o espírito aberto para receber o que ela traz.

Infelizmente, já não caminhamos pela rua, a não ser num ritmo acelerado, com trajeto definido e com o intuito de queimar calorias. Marchamos rumo a um melhor condicionamento físico, o que é um belo hábito, mas, flanar, não flanamos mais. Não passeamos. As ruas estão esburacadas, há muitas ladeiras, o trânsito é barulhento e selvagem, compreende-se. Mesmo assim, a despeito de todos os inconvenientes, é preciso dar uma chance à vida, colocando-nos à disposição para que ela nos surpreenda.

Ao sair sem pressa, paramos numa banca de revistas e descobrimos uma nova publicação. Dizemos bom dia para o jornaleiro e ele, gentil, nos troca uma nota de valor alto. Na calçada, encontramos um velho amigo. Ou um artista famoso. Ou alguém que sempre nos prejudicou e hoje está mais prejudicado que nós, bem feito.

Na rua, pegamos sol. Paramos para tomar um suco de maracujá com maçã. Flertamos. Um novo amor pode surgir de uma caminhada tranquila numa rua qualquer. E uma nova proposta de trabalho pode surgir de um esbarrão num ex-colega: estava mesmo pensando em te procurar, cara! Se continuasse apenas pensando, nada aconteceria.

Na rua, o jeito de se vestir de uma moça inspira a gente a resgatar uma jaqueta que não usávamos mais. Bate de novo a vontade de ter um cachorro. Descobrimos que é hora de marcar um exame minucioso no joelho direito, por que ele incomoda tanto?

Encontramos umas amigas num bistrô e paramos um instantinho para conversar, e então ficamos sabendo de uma exposição que não se pode perder. Passamos por uma livraria e damos mais uma namoradinha num livro que nos seduz. Ajudamos uma senhora que está saindo com várias sacolas de um supermercado, não custa dar uma mão. Aceitamos o folheto entregue por um garoto na esquina, anunciando uma cartomante que promete trazer seu amor de volta em três dias. Você joga o folheto no lixo, e não no meio-fio. Você compra flores para sua casa. Você observa a fachada antiga de um prédio e resolve voltar ali com uma máquina fotográfica. Você entra numa igreja, não fazia isso há anos. Reencontra um ex-namorado que passa de carro e lhe oferece uma carona. Você nem tinha percebido como havia caminhado e como estava longe de casa. Aceita a carona. Um novo amor não surgiu, mas seu antigo amor foi resgatado em menos de três dias, nem precisou de cartomante.

Pode nada disso acontecer, óbvio. Mas sem dar uma chance à vida é que não acontece mesmo.

17 de abril de 2011

AMOR?

Implico com títulos ou marcas acompanhadas de ponto de interrogação. Podem funcionar graficamente, mas pronunciá-los é uma chatice. Só que no caso do mais recente filme de João Jardim, o questionamento se aplica: aquilo que a gente assiste na tela é amor mesmo?

Amor? traz vários depoimentos de homens e mulheres que viveram relações conflituosas ao extremo, com violência física e até risco de morte. Os depoimentos são verdadeiros, e quem os interpreta (de forma comovente, diga-se) são atores que conseguem dar à obra um toque inquestionável de realismo. Tudo aquilo existe.

Quando, anos atrás, começou a se falar em "mulheres que amam demais" (há um grupo sério com a abreviatura MADA, que funciona nos moldes dos AA), muito me intrigou o uso do verbo amar como designação de uma patologia. Obsessão e descontrole são doenças sérias e merecem respeito e tratamento, mas batizar isso de "amar demais" é uma romantização e um desserviço. Fica implícito que amar tem medida, que amar tem limite, quando na verdade amar nunca é demais. O que existe são homens e mulheres que têm baixa autoestima, níveis exagerados de insegurança e que não distinguem amor de possessão. Se assinarmos embaixo de que isso é amar demais, acabaremos achando que quem vive uma relação serena, preservando a individualidade do outro, é alguém que ama de menos.

Logo, a pergunta de João Jardim procede e perturba. Impossível se manter neutro diante do filme, pois todos nós já vivemos ou testemunhamos um caso que começou por amor, mas terminou em dor e aniquilamento da identidade. Entre um depoimento e outro, o diretor optou por colocar vinhetas quase líricas, para nos dar um certo respiro diante da turbulência dos relatos. Curiosamente, uma dessas cenas mostra uma mulher mergulhada dentro de uma piscina, estática por alguns minutos. É uma cena aparentemente comum, mas que aos poucos vai angustiando: quanto tempo ela conseguirá ficar sem respirar?

Não existe relação sadia se ambos os envolvidos não conseguem respirar. Sufocamento, medo, violência, é tudo prenúncio de morte, enquanto que o amor é matéria-prima da vida, não compartilha com o desfacelamento da alegria. Claro que brigas são comuns e até necessárias para a sólida construção de uma história entre duas pessoas, mas quando usamos essa relação para resolver carências e fantasias da infância (e isso sempre acontece), é preciso encontrar uma medida para que o exagero dessa transferência não ponha tudo a perder.

Estamos todos fadados a amores doentios? Depende. Todo amor faz sofrer em determinados momentos, mas estaremos salvos se soubermos transcender o melodrama. Semana que vem vou falar de um amor lindo que terminou de forma trágica, mas cujo sofrimento foi transformado em poesia. Um amor que era amor mesmo, e ponto final.

24 de abril de 2011

PARA FRANCISCO E TODOS NÓS

A história é a seguinte. Ela era uma publicitária mineira de 36 anos que estava vivendo uma história de amor com todos os ingredientes que se sonha: reciprocidade, leveza, afinidades, planos e, pra completar, um filho na barriga. Engravidara de surpresa, e festejou. O homem com quem repartia esse conto de fadas também ficou emocionado com a notícia, e passaram a curtir cada passo rumo a nova etapa. Quando ela estava com sete meses de gravidez, ele morreu de uma hora pra outra.

O horror da morte súbita de um amor e o êxtase de uma nova vida chegando: foi essa contradição emocional que, quatro anos atrás, viveu Cristiana Guerra, atualmente uma conhecida blogueira especializada em moda (www.hojevouassim.com.br). Cris transitou entre o céu e o inferno. Poderia ter se entregado à vitimização, mas fez melhor: transformou sofrimento em poesia.

Francisco nasceu dois meses depois, forte, saudável e órfão. Cris não se conformou com a ausência de um dos protagonistas da história, e foi então que começou a escrever cartas para que seu bebê lesse quando tivesse idade para tal. Nessas cartas, contou sobre quem era seu pai, como ela e ele se conheceram, e os problemas e alegrias pelos quais passaram durante o pouco tempo de convívio, algo em torno de dois anos de relacionamento. Esses textos, ilustrados com fotos do casal e complementados por alguns e-mails trocados, virou um livro, *Para Francisco*, da Editora Arx.

Cris me entregou esse livro em mãos dias atrás, quando a conheci em Belo Horizonte. É uma mulher charmosa, firme, bem-humorada. Participamos juntas de um evento e depois voltei ao hotel, onde dei as primeiras folheadas no livro. Na manhã seguinte ele já havia sido devorado, e me senti agradecida pela oportunidade. Em tempos onde só se fala em amores fóbicos, ler o texto elegante e inteligente da Cris me fez ter uma nova perspectiva do que é tragédia. Tragédia é não lembrar com doçura.

A relação de Cris com o pai de seu filho não teve tempo para o desgaste e a falência. Tiveram alguns desencontros, mas nada que fraturasse a relação que era encantadora e sólida a seu modo. Não sei se duraria pra sempre, mas durou o suficiente pra montar a memória afetiva que estruturará a vida de um menino que conhecerá seu pai através da visão de sua mãe. Nunca havia pensando nisso: vemos nossos pais através dos olhos de nossas mães – estando eles vivos ou não.

A narrativa dessa vida-e-morte simultâneas é contada com desembaraço, emoção e nenhuma pieguice, mesmo tendo todos os elementos para virar um dramalhão. Mas Cris Guerra não deixou a peteca cair e, além de um belo livro, nos deixou um recado valioso: a vida não apenas continua, ela sempre recomeça.

1º de maio de 2011

A DAMA E O ROTTWEILER

A primeira vez em que fui à casa dela – casa mesmo, não apê – ela apareceu na porta, fez sinal para eu esperar e desapareceu lá dentro. Será que eu havia chegado em má hora? Ué, mas havíamos combinado. Então ela voltou e disse: "Desculpe, eu estava prendendo o cachorro". Falei que poderia deixá-lo solto, eu não tinha medo. Ela me conduziu até os fundos da casa e foi então que vi a fera. Gelei. "Ele parece ter ódio do mundo", comentei. "E tem", ela confirmou. Me disse também que ela estava respondendo a um processo por um ataque do seu cão a um vizinho. "O que o rapaz fez para merecer?" "Olhou pro bicho de um jeito que ele não gostou. Quer mesmo que eu o solte?"

Voltamos para a sala e tentamos conversar enquanto aquele anjo, nos fundos da casa, latia sem cansaço. Um monstro que se magoa quando lhe olham feio. Antes de ir embora, fui explicitamente irônica: "Por que não um poodle?".

Isso tudo foi em São Paulo, e nossa amizade persistiu graças a e-mails e telefonemas, e depois de uns anos voltamos a nos encontrar, dessa vez em Porto Alegre, onde ela estava morando. Mais uma vez, fui visitá-la em sua casa – casa mesmo, não apê – e ela demorou para abrir a porta, de novo. Foi prender o cachorro, pensei.

Quando ela apareceu abotoando a blusa, percebi que o atraso não se devia a nenhum cachorro. Mas era. Ela pediu para eu entrar e me apresentou seu novo namorado.

Parecia um animal. Rosnava. Tinha o aspecto de um homem com ódio do mundo, e nem perguntei a fim de confirmar. Ele apertou minha mão, dizendo oi e adeus ao mesmo tempo, pois tinha algo a fazer na rua. Soltou um comentário grosseiro para minha amiga e saiu pela porta. Tive vontade de perguntar para ela: "Algum vizinho já está te processando?".

Porém, mesmo sem perguntar nada, ela acabou me contando. Era um homem selvagem, de fato. Bruto. Rude. E tinha ódio do mundo – claro. Não sabia conversar, mas era expert em latir. Por que não me surpreendi?

Ela continuou: ele não a acompanhava em eventos sociais, e quando saía, arranjava briga com qualquer um que ousasse olhar feio pra ele. "E quem olhava feio pra ele?", tive curiosidade em saber. "Qualquer pessoa que tivesse ousado nascer."

Ele preferia ficar sozinho com ela, pois detestava seus amigos e não confiava em ninguém que se aproximasse. "Você o prende nos fundos da casa?" "Metaforicamente, é como se eu o prendesse."

A pergunta final seria óbvia: "Por que não um poodle?".

Mas não perguntei. Eu sabia que um poodle não lhe daria aquele rosto satisfeito que testemunhei, quando ela surgiu na porta da casa abotoando a blusa.

6 de fevereiro de 2011

UMA MULHER ENTRE PARÊNTESES

Era como ela catalogava as pessoas: através dos sinais de pontuação. Irritava-se com as amigas que terminavam as frases com reticências... Eram mulheres que nunca definiam suas opiniões, que davam a entender que poderiam mudar de ideia dali a dois segundos e que abusavam da melancolia. Por outro lado, tampouco se sentia à vontade com as mulheres em estado constante de exclamação. Tudo nelas causava impacto!! Consideravam-se mais importantes que as outras!! Ela não. Ela era mais discreta. A mais discreta de todas.

Não era do tipo mulher dois pontos: aquela que está sempre prestes a dizer uma verdade inquestionável, que merece destaque. Também não era daquelas perguntadeiras xaropes que não acreditam no que ouvem, não acreditam no que veem e estão sempre querendo conferir se os outros possuem as mesmas dúvidas: será, será, será? Ela possuía suas interrogações, claro, mas não as expunha.

Era uma mulher entre parênteses.

Fazia parte do universo, mas vivia isolada em seus próprios pensamentos e emoções.

Era como se ela fosse um sussurro, um segredo. Como uma amante que não pode ser exibida à luz do dia. Às vezes, sentia um certo incômodo com a situação, parecia que estava sendo discriminada, que não deveria interagir com o restante das pessoas por possuir algum vírus contagioso. Outras vezes, avaliava sua situação com olhos mais românticos e concluía que tudo não passava de proteção. Ela era tão especial que seria uma temeridade misturar-se com mulheres óbvias e transparentes em excesso. A mulher entre parênteses tinha algo a dizer, mas jamais aos gritos, jamais com ênfase, jamais invocando uma reação. Ela havia sido adestrada para falar para dentro, apenas consigo mesma.

Tudo muito elegante.

Aos poucos, no entanto, ela passou a perceber que viver entre parênteses começava a sufocá-la. Ela mantinha suas verdades (e suas fantasias) numa redoma, e isso a livrava de uma existência vulgar, mas que graça tinha? Resolveu um dia comentar sobre o assunto com o marido, que achou muito estranho ela reivindicar mais liberdade de expressão. Ora, manter-se entre parênteses era um charmoso confinamento. "Minha linda, você é uma mulher que guarda a sua alma."

Um dia ela acordou e descobriu que não queria mais guardar a sua alma. Não queria mais ser um esclarecimento oculto. Ela queria fazer parte da confusão.

"Mas, minha linda..."

E não quis mais, também, aquele homem entre aspas.

15 de maio de 2011

O AMOR, UM ANSEIO

Recebi de presente de uma querida amiga um livrinho com pensamentos de Carl Jung sobre o amor, esse tema tão fascinante e que nunca se esgota. Pai da psicologia analítica, Jung faz várias considerações, até que em certo momento da leitura me deparei com a seguinte frase: "O amor da mulher não é um sentimento – isso só ocorre no homem – mas um anseio de vida, que às vezes é assustadoramente não sentimental e pode até forçar seu autossacrifício".

Peraí. Isso é sério. O que eu entendi dessa afirmação é que o homem é o único ser capaz de sentir um amor genuíno e desinteressado, mesmo durante a juventude, quando as pressões sociais empurram a todos para o casamento. O homem luta contra essa pressão e só atende ao seu mais puro sentimento – e se esse sentimento não existir, ele não compactua com uma invenção que o substitua. O homem não cria um amor que lhe sirva.

Já para a mulher o amor não é uma reação emocional, é muito mais que isso: aliado a esse sentimento latente, existe um projeto de vida extremamente racional que precisa ser levado a cabo para que ela concretize seu ideal de felicidade. O amor é uma ponte que a levará a outras realizações mais profundas, o amor é um condutor que a fará chegar ao estado de plenitude e que envolve a satisfação de outras necessidades que não apenas as de caráter romântico.

Ou seja, romântico mesmo é o homem.

A mulher necessita encontrar seu lugar no mundo, a mulher precisa completar sua missão até o fim (ter filhos, a mais prioritária), a mulher deseja responder seus questionamentos internos, a mulher sente-se impelida a formatar um esquema de vida que seja inteiro e não manco, a mulher leva seus sonhos muito a sério e possui uma voragem que a faz querer conquistar tudo o que lhe foi prometido ao nascer. O amor é um caminho para a realização desse projeto que é bem mais audacioso e ambicioso do que simplesmente amar por amar. O amor pode nem ser amor de verdade, mas é através de algum amor, seja ele de que tipo for, que ela confirmará sua condição de mulher. O homem já nasce confirmado em sua condição.

Será isso mesmo ou estou viajando na interpretação que fiz? Se eu estiver certa, então talvez o verdadeiro amor seja o amor da maturidade, o amor que vem depois de a mulher já ter atingido seu anseio original, o amor que surge do descanso depois de tanto ter se empenhado, o amor que vem quando não há mais perseguição a nada: o amor maduro e íntegro da mulher pode enfim se conectar com o amor maduro e íntegro que o homem sempre sentiu. Os amores puros de um e de outro finalmente se encaixariam – o amor real dele e o amor dela desprovido de ansiedades secretas. Enfim, juntos?

Indo perigosamente mais longe, talvez isso explique por que são as mulheres as que mais pedem o divórcio: já atingiram seus propósitos e procuram agora vivenciar um amor que seja unicamente sentimental, sem cota de sacrifício, enquanto que o homem só pede o divórcio quando se apaixona por outra mulher, pois ele sempre foi movido pelo amor desde o começo, deixando as racionalizações fora do âmbito do coração.

Jung, me perdoe se delirei a partir de uma única frase sua, mas me permita realizar esse meu anseio inesgotável de pensar o amor além de vivenciá-lo. Que jeito, sou mulher.

22 de maio de 2011

Martha Medeiros

na Coleção **L&PM** POCKET

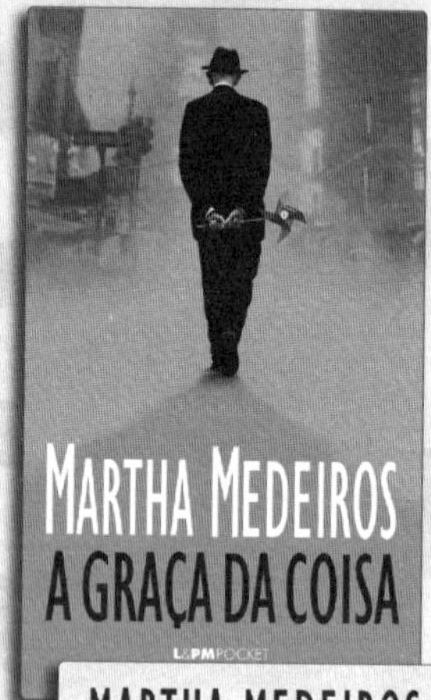

IMPRESSÃO:

PALLOTTI
GRÁFICA

Santa Maria - RS | Fone: (55) 3220.4500
www.graficapallotti.com.br